Buchi Baravalle & Camila Baravalle

ANIMAL WARRIOR

Buchi Baravalle & Camila Baravalle

ANIMAL WARRIOR

Primera edición: julio de 2025

ISBN: 978-84-1090-358-6

Depósito legal: B 15706-2025

Ilustrador de tapa: Teo Peisajovich sobre un boceto original de Andy Leyendecker.

Maquetación y servicios de publicación por Palabra – servicios editoriales (www.agenciapalabra.com)

Buchi Baravalle &
Camila Baravalle

ANIMAL WARRIOR

ANIMAL WARRIOR

Dedicamos esta novela a todos los animales del mundo.

Agradecimientos.

Esta novela, primera de una saga de seis, no habría sido posible sin quienes llevan adelante la noble tarea de concientizar sobre el maltrato animal. Agradecemos a los valientes activistas pro animal del movimiento "Animal Liberation Front" por ser la inspiración detrás de esta obra. Nuestro profundo agradecimiento a los médicos veterinarios Adolfo Tassano, Florencia Abalo y Adriana Barcia Gorria, así como también a nuestro amigo Mauricio Hansen por su valioso asesoramiento en materia veterinaria. A Rocío Planelles, experta en comunicación animal, por introducirnos en el mundo espiritual de los animales. A nuestros consultores de guiones, Danny Manus y Peter Saphier por aportar su experiencia y sabiduría en la construcción de esta historia. A nuestra amiga Kristi Daniell, por sus valiosas ideas y sugerencias en la forja de nuestro protagonista. A nuestros entrañables amigos Reba Ford Sams, Jeff Sams, y Carina Bloj, por hospedarnos y ser nuestra familia en Los Angeles, así como también a nuestro mentor y profesor de Literatura, Daniel Nahum, por sus precisas correcciones en esta novela. Y especialmente, agradecer a nuestros padres, el doctor Miguel Baravalle y a la licenciada en Letras y Comunicadora Social, Adriana Boglione, por inculcarnos desde la infancia el amor y el respeto por los animales.

¡A todos ustedes, les agradecemos de corazón!

Como nació nuestro héroe, Animal Warrior.

Era una soleada mañana de un sábado de septiembre de 2011 en Beverly Hills. Recién terminábamos de desayunar y estábamos recostadas en la cama compartiendo nuestras fotos en Facebook. Habíamos tenido una semana intensa pero productiva, ya que estudiábamos guion de cine unas 10 horas por día, sin descanso. Mientras navegábamos por la web, nuestros ojos se encontraron con la foto de un activista del Frente de Liberación Animal, ALF. Su nombre era Peter Daniel Young. Debajo de su foto, descubrimos la historia de un joven que había desafiado al FBI, y que, tras ser capturado, enfrentó un juicio siendo condenado a dos años de prisión por la liberación de aproximadamente 12.000 visones y 100 zorros de 6 granjas peleteras en Seattle, Estados Unidos, entre 1995 y 1996. Sus palabras, sinceras y conmovedoras, nos emocionaron y nos abrieron la mente. En ese momento, nuestras miradas se cruzaron y ambas dijimos: ¡Este chico es un héroe! - pensamos al unísono. Y ese fue el momento de inspiración que nos impulsó a crear a nuestro propio héroe de los animales: Animal Warrior. Enseguida nos enfrentamos a varios desafíos: ¿Cómo crearlo? ¿Cómo darle forma? No existía un héroe que luchara exclusivamente por los animales. Todos los superhéroes rescataban personas, pero nadie parecía luchar por los seres más nobles y puros que comparten nuestras vidas. A ellos nadie los rescataba. Y esa injusticia nos impulsó aún más. ¿Cómo a nadie se le había ocurrido esto antes? Nos parecía rarísimo. Pero ahí estábamos nosotras, para darle vida a un veterinario, un apasionado activista por los animales para convertirlo en un verdadero héroe verde. Animal Warrior no tiene poderes sobrenaturales ni habilidades extraordinarias; su mayor poder es su inquebrantable compasión por las criaturas más nobles del planeta.

Tabla de Contenidos

EL MERCADO DE ZHANG

El Mercado de Zhang estaba abarrotado de clientes, de gente sin conciencia, incapaz de sentir compasión por un animal. Vestidos modestamente, se los podía ver caminando a sus anchas, sonrientes, ajenos al insoportable sufrimiento de cientos de perros apiñados, apretujados en oxidadas jaulas de metal. La mayoría de los perros eran callejeros. También, había entre ellos muchas mascotas robadas de sus hogares. El mercado apestaba a heces, orina, vómito y al hedor de las heridas purulentas de los animales. Los delantales de los carniceros con manchas viejas de vísceras y sangre, los cuchillos, los ganchos y los tenedores grasientos daban cuenta de la falta de higiene del lugar. Hacinados, los perros gemían y ladraban, intentando infructuosamente escapar de las malolientes jaulas. Otros, más débiles y enfermos, se resignaban a su brutal destino. No había nada que pudieran hacer, nadie que los ayudara, ni una mínima posibilidad de escapar. Solo les restaba esperar que una filosa cuchilla acabase con sus desdichadas vidas, y terminar como carne al mejor postor. A nadie parecía importarle lo que allí ocurría, excepto a varios activistas proanimal infiltrados, que sí podían percibir las miradas de terror y desesperación de los pobres perros. En los puestos de venta, los sudorosos carniceros afilaban sus grandes cuchillas con ahínco, preparándose para la gran matanza.

Una camioneta con vidrios polarizados, que pasó desapercibida, se estacionó en las cercanías del mercado. En la lujosa habitación de la casa presidencial, la primera dama china, una noble mujer de ideas avanzadas, se preparaba para asistir a un almuerzo protocolar. En un país donde no se reconocía a los animales como seres sintientes, ella luchaba junto con diversas organizaciones para exigir un cambio en la legislación. Su marido se había enamorado de su rostro pequeño y de su piel blanca como la nieve. Desde su llegada a la presidencia, era un hombre temido y respetado, simbolizaba la personalización del poder en su extenso país. Estaban casados desde hacía veinte años, amándose y respetándose como el primer día. Él sabía de su alma bondadosa y le permitía colaborar con algunas ONG de animales que, exitosamente junto con ella, habían logrado vetar el consumo de carne de perros y gatos en varias provincias del país. Ella sabía que él sabía, era un pacto de silencio entre ambos que no hacía falta aclarar. Mientras se colocaba un par de sandalias de tacos altos, seguía atentamente las últimas primicias del noticiero matutino.

Una joven reportera daba las noticias:

—Hoy comienza el noveno festival anual de carne en Guangxi. Numerosos grupos de bienestar animal están protestando fuera del mercado con el objetivo de poner fin al festival de carne de perro. Las autoridades locales niegan la participación oficial del evento y aducen que es una costumbre de un pequeño porcentaje de residentes. Los manifestantes llevan carteles con distintas imágenes de perros que dicen: “Paren con el festival de carne de perro”, “Los perros son parte de nuestra familia”, “Necesitamos leyes de protección animal”. La misión de esta protesta es concientizar y sensibilizar el corazón del Gobierno...

Su asistente personal, una joven de unos treinta años, se asomó a la habitación.

—Disculpe, señora. Estaremos listos para el almuerzo en una hora.

Ella asintió y, apenas la asistente se marchó, miró su reloj; abrió el cajón de la mesa de luz, sacó un celular que solo usaba para misiones especiales e hizo una llamada. Con voz firme y segura, de quien sabe que lo que está haciendo es lo correcto y lo coherente con su espíritu, dijo:

—Todo despejado. Avancen nomás.

Animal Warrior y la Patrulla del Rescate bajaron enérgicamente de la camioneta. Los hombres enmascarados vestían uniformes ajustados de gabardina elastizada color verde militar. A la altura del pecho, tenían impreso el logo de la cabeza de un ciervo con astas. Llevaban puestos gruesos guantes negros y botas del mismo color. En sus manos sostenían con fuerza sus pistolas de dardos tranquilizantes. El traje del famoso héroe de animales era de un tono más oscuro que el del resto. Los activistas proanimal comenzaron a vitorearlos, a aplaudirlos. Acto seguido, Animal Warrior y su Patrulla del Rescate irrumpieron en el mercado tomando por sorpresa a todos los presentes. "¿Quiénes son estos hombres enmascarados?", se preguntaban algunos. Otros se percataron de que eran Animal Warrior y su Patrulla. Los activistas encubiertos se quitaron sus chaquetas y mostraron la frase estampada en sus remeras: "Los animales también tienen derechos". Inmediatamente, todos rodearon las jaulas con los perros hacinados adentro, protegiéndolos. Se manejaban con una perfecta coordinación, tal como lo habían planificado. Comenzaba una gran danza de liberación animal. Animal Warrior y la Patrulla del Rescate se plantaron en medio del mercado mientras uno de sus hombres filmaba la escena con su cámara.

—¡Esto es una redada! ¡Los perros se vienen con nosotros! ¡Libertad! —vociferó Animal Warrior.

Una vez dicho esto, se produjo un gran caos en el lugar. Los activistas encubiertos empezaron una feroz lucha cuerpo a cuerpo contra los explotadores de perros. Cacerolas, sartenes, cuchillas, tenedores y utensilios de cocina volaron por los aires. Algunos visitantes se fueron corriendo asustados, mientras otros miraban fascinados la brutal contienda. Los carniceros, agitando sus cuchillas en alto, se plantaron frente a Animal Warrior y la Patrulla y avanzaron hacia ellos en abierto desafío.

—¡Recuerden por lo que estamos luchando! —arengó Animal Warrior.

Lista para el combate, la Patrulla del Rescate no se amedrentó. Como una guardia pretoriana, bien entrenada, atacaron a los carniceros. Sorprendieron a algunos por la espalda y les inyectaron dardos tranquilizantes en el cuello que los dejaron somnolientos y desmayados. Animal Warrior tocó el hombro de uno de ellos. El carnicero se dio media vuelta y vio el dardo tranquilizante frente a sus ojos.

—Una pequeña siesta no se le niega a nadie —le dijo con ironía. Y, en segundos, el carnicero cayó desplomado al suelo.

A unos metros, otro carnicero, enfurecido, se abalanzó sobre Animal Warrior.

—¡Estos perros no te pertenecen! ¡El Gobierno te va a masacrar!

Tumbados en el suelo, lucharon puño a puño; con gran destreza, Animal Warrior logró noquearlo y arrojó la cuchilla del carnicero por lo alto. Mientras tanto, los activistas encubiertos abrían una a una las jaulas, sacaban a los perros, y los llevaban a los ómnibus estacionados en la entrada principal. Agradecidos, los animales movían sus colas y les lamían las manos y los brazos. Sus ladridos sonaban como aplausos de fervor y alegría, festejando las acciones de la Patrulla. Al mismo tiempo, otros activistas encerraban a los carniceros desmayados en las jaulas grandes que habían quedado vacías. Era la mejor forma de hacerles probar su propia medicina. El cineasta del grupo seguía filmando cuando un carnicero lo sorprendió, arremetió contra él y le quitó la cámara. Ambos pelearon de manera feroz. Uno de los enmascarados le lanzó un dardo al carnicero, y este colapsó contra el piso. El cineasta recuperó su cámara y continuó con la filmación de la redada. Poco a poco el silencio le fue ganando al caos. Animal Warrior escaneó el lugar, vio algunos personajes nefastos escaparse por una salida lateral. "Misión cumplida", pensó. El enfrentamiento llegaba a su fin. El mercado estaba vacío de animales. En absoluta calma, un activista se acercó a Animal Warrior, le puso en los brazos un cachorro mestizo color canela. Como si entendiese todo lo que ocurría, el cachorro rodeó con sus dos patitas el cuello de su héroe. El tiempo se detuvo. Durante unos segundos, se miraron a los ojos, en una conexión tan pura como inquebrantable. Animal Warrior le susurró:

—La naturaleza y el amor del universo habitan en ti y en mí, tú y yo somos iguales, tú y yo somos uno. Bienvenido a mi mundo.

Los ojos intensos de ese animalito llenaron el alma de Animal Warrior. Lo apretó bien contra su pecho, para hacerle saber que ya nadie podía lastimarlo. Fue un momento mágico entre un ser humano y un animal. Ese momento del rescate, donde el desvalido animal, con su tierna mirada, le expresaba las gracias eternas a su salvador. Animal Warrior caminó con paso sereno y decidido hacia la cámara, se plantó frente a ella y, adjudicándose la responsabilidad de la redada, dijo:

—Somos Animal Warrior y la Patrulla del Rescate. Hoy ganamos una batalla, hoy salvamos las vidas de cientos de perros. Mientras haya animales sufriendo en manos de seres humanos, aquí estaremos nosotros para liberarlos. Nunca nos daremos por vencidos.

Al pie de la escalinata de la residencia, la primera dama esperaba ansiosamente las buenas noticias. Sintió un gran alivio cuando vio estacionarse un auto policial frente a ella. Un oficial de cuarenta y cinco años, fornido, descendió con el cachorro color canela en brazos, se lo entregó, y ambos se miraron con complicidad. Una sensación de ternura y compasión la invadió. El perrito le lamió la nariz, los ojos de ella se empañaron: "Mientras mi marido se ocupa del bienestar del pueblo, yo me ocupo del bienestar de los animales; hoy dormirás calentito y a salvo en una cama", pensó. Esa misma tarde todos los noticieros del país anunciaron la redada.

—Animal Warrior y su Patrulla del Rescate han robado cientos de perros con la ayuda de activistas proanimal. Es desconocido el motivo por el cual la policía local nunca apareció en el Mercado de Zhang para detenerlos...

La noble primera dama no pudo evitar sonreír mientras jugaba con el cachorrito del cual ella sería, de ahora en más, su mamá humana, y Animal Warrior, el ángel que había cambiado su destino. Él lo había salvado de una muerte espantosa, a garrotazos, a golpes; lo había salvado de una muerte rodeada de odio y desprecio. Él le había conservado lo más preciado que tiene todo ser vivo: su vida misma.

POBRES MONOS

A simple vista, Michael Green podría encarnar el sueño americano debido a su apariencia física y al hecho de haber nacido en una familia privilegiada. Al verlo, uno podría imaginar que estaba casado con una hermosa mujer, probablemente su novia de la secundaria, con tres hijos soñados, una vida ideal en familia. Sin embargo, Michael Green nunca se había casado, no tenía hijos y, a pesar de su belleza, nunca había sido uno los chicos populares de su clase. Michael había sido un niño solitario, de pocas palabras y sentimientos profundos, que pasaba sus tardes leyendo e investigando sobre la vida animal. Con solo acercarse y mirarlos podía percibir sus sentimientos y emociones. Era previsible que estudiase la carrera de veterinaria. Una vez recibido, fundó una clínica con Thomas Lakes, su compañero de la facultad. Años más tarde creó un santuario de animales en las afueras de su ciudad, en San Diego, California. A sus treinta y cinco años ya era un veterinario muy reconocido y respetado en su profesión.

Como todas las mañanas, Arthur, un hombre sin hogar, que solía sentarse en un banco de la entrada de la clínica veterinaria, leía el periódico junto a su inseparable perrita Pinky. Todas las noches, asistía a un refugio para personas sin hogar donde podía bañarse y cenar, pero nunca se quedaba a dormir allí. En su lugar, Arthur volvía a la veterinaria y se echaba a dormir junto a su querida perra en un rincón del estacionamiento. A Michael todo en él le generaba intriga: su ropa raída, pero de buena calidad, su educación, su aseo personal, y, sobre todo, esa valija de cuero negro desgastada que no soltaba ni a sol ni a sombra. Sus tristes ojos azules gritaban todo el daño que le había hecho el mundo. Aparentaba ser mayor, sin embargo, Michael podía notar cierta vitalidad en sus gestos y pensó que podría tener alrededor de sesenta años. A veces, cuando Arthur estaba de buen humor, ambos tenían profundas conversaciones acerca de la vida y del amor hacia los animales. Arthur tenía una mirada afilada sobre la actualidad mundial. Michael se preguntaba qué podría haberle pasado en la vida para que un hombre con ese nivel de educación hubiera terminado en las calles. Arthur terminó de leer un artículo del periódico y esbozó una sutil queja.

—Ay, Pinky, les hacen creer a los marines que sirven a "su país", para encontrarse solo con muerte y oscuridad —le comentó con un tono de resignación.

Michael se acercó a ellos, le dio a Arthur un sándwich y una bolsa de alimento para su perra.

—Dios lo bendiga, doc.

—¿Cuándo vas a venir conmigo a trabajar al santuario? —le preguntó Michael.

Arthur disintió con la cabeza y le hizo un ademán para que se fuese. A Michael le caía bien a pesar de su mal temperamento.

—Bueno, al menos podrías dejarme esterilizar a Pinky.

Arthur frunció el ceño.

—Ya le dije que no quiero que pase por una cirugía... mil veces ya se lo dije, doc.

Michael sonrió y se dirigió a su auto. Arthur abrió el sándwich y le comentó a su perrita:

—Vegetales, siempre vegetales. Nunca un sándwich de verdad, Pinky...

Nacido en el seno de una familia adinerada, Freddy Rippin era un poderoso e influyente científico. De estatura baja y retacón, inspiraba temor en sus subalternos. A sus sesenta y cinco años, había consolidado la compañía farmacéutica Rippin, de su padre, como uno de los laboratorios más grandes de Estados Unidos, con sucursales en todo el país. Además, era el principal accionista de un criadero de perros *Beagle* que suministraba a otros laboratorios para investigaciones farmacéuticas. No había para él nada más erótico que hacer dinero. Rippin no era precisamente el hombre recto que aparentaba ser y tenía muchos contactos políticos. Era arrogante y fanfarrón. Odiaba a los animalistas, a los vegetarianos, a los ecologistas... los consideraba unos estúpidos sin remedio. Para él, los animales eran cosas, eran la mercadería que necesitaba para seguir acumulando riqueza, prestigio y poder. Vestidos con batas blancas, Rippin, Simón Edwards, su socio, y dos científicos más caminaban por los pasillos del laboratorio. Uno de ellos era Jake O'Neill, un muchacho joven que había empezado a trabajar para Rippin dos años atrás y ya no sentía el mismo entusiasmo de los primeros tiempos. Jake se dirigió a él.

—Todavía no hemos podido encontrar la dosis adecuada. La toxicidad continúa siendo alta. Tres monos fallecieron y los demás están expulsando orina negra nuevamente —le comentó.

Rippin frenó su marcha y con tono autoritario le gritó.

—¡Me importan un carajo los malditos monos! Tenemos que lanzar esta droga al mercado lo antes posible, mucho antes de que nuestra competencia lo haga.

Jake asintió con la cabeza y no le contestó una palabra. Estaba cada vez más harto del maltrato de Rippin, de sus exabruptos y de los experimentos a los que sometía a sus animales en el laboratorio. Los cuatro hombres entraron a la sala de los monos macacos. No era este un lugar precisamente adecuado para un animal. Allí no había árboles, plantas o lianas para saltar o trepar; allí no había olor a pasto, a flores, a hierba mojada por la lluvia; solo luces blancas, tubos de ensayo y frías mesas de examen. Aislados, en jaulas grises de metal, cinco monos con la mirada triste chillaron aterrorizados cuando los vieron entrar. Jake abrió una de las jaulas, alzó a uno de ellos y lo colocó en la mesa de examen. El animal tenía una llaga en una de sus patitas.

—Es muy dócil —comentó—, mientras le alcanzaba una inyección a Rippin.

El mono lo miró lleno de temor.

—Con esta inyección vas a hacerme rico, linda criaturita. Lo lamento por vos si te duele —le dijo Rippin lanzando una risa socarrona.

Acto seguido, le indicó a Jake con la mirada que lo sujetase firmemente, luego le colocó la inyección. El mono chirriaba con desesperación. Jake se sintió un monstruo. Un ser sin alma. Había estudiado el comportamiento de los monos y sabía que se trataba de animales sociales que vivían en manadas con distintos niveles de organización y jerarquía. Sabía que eran seres dotados de un elevado nivel de inteligencia, más que la de los perros, lo cual les permitía socializar, jugar y resolver problemas de manera original. Amaba a estos animales. "¿Qué hago trabajando en un lugar como este?", pensó.

Esa misma tarde Jake había acordado reunirse clandestinamente con Rose Rivers, una joven reportera de televisión que trabajaba para una de las cadenas más grandes de noticias de Estados Unidos, America News. Su combinación de inteligencia y espíritu combativo hacían de ella la periodista ideal. Estaba a punto de cumplir treinta y cinco años. Su belleza de estilo californiano, con su pelo dorado que caía sobre los hombros y sus vivaces ojos azules, enamoraba tanto a la cámara como a los espectadores. Era la divinidad personificada... salvo cuando tenía que dar noticias sobre crueldad animal. Ahí sí, todo su ser se desencajaba y se transformaba en un pequeño demonio que hacía preguntas incisivas e incómodas al entrevistado. Rose estacionó su auto y esperó a Jake, que llegó unos minutos después. Jake se subió al auto de Rose.

—¿Pudiste conseguir las fotos? —le preguntó ella.

Jake le entregó un sobre sellado. Ella lo abrió con impaciencia, se encontró con un informe escrito y fotografías de monos muertos apilados en un tacho de basura de laboratorio, se le estrujó el corazón. Finalmente, tenía en sus manos las pruebas que tanto había buscado.

—Esta droga se llama Tierodin y se está probando como medicación para la incontinencia urinaria. Se subestimó la toxicidad del procedimiento. La droga es altamente tóxica y a raíz de ello es que tres monos macacos más han muerto —le comentó Jake.

Rose lo miró horrorizada. ¡Cuánta tristeza sentía por esos

desgraciados animales!

—¿Qué fue lo que les pasó?

—Dos de ellos murieron de hemorragias digestivas. Fue espantoso. Agonizaron durante dos días. Sufrieron bastante. El tercero se desangró.

—¿Y los demás monos? —preguntó ella.

—Están expulsando orina de un color negro. A algunos les salieron llagas abiertas por todo el cuerpo, y otros no pueden controlar sus extremidades— contestó Jake.

—Pobres criaturas. Dios mío...

Un auto pasó cerca de ellos y se sobresaltaron. El auto continuó con su camino. Rose hojeó el titular del informe escrito que decía: Tierodin – Efectos secundarios.

—No tengo palabras para agradecerte todo lo que estás haciendo, Jake. Sé que esto es riesgoso para vos. Voy a llevarlo al canal.

Antes de que Rose pudiese guardar el sobre dentro de su cartera, Jake la sorprendió con algo más. —Hay algo mucho peor que esto —le comentó él.

—¿Peor que esto? —preguntó ella.

Jake asintió con la cabeza.

—Han creado una nueva especie de mono con un gen humano para que su cerebro funcione más similar al nuestro.

Rose no daba crédito a lo que escuchaba. Le parecía un diálogo de una película de ciencia ficción.

—Vamos a terminar como el Planeta de los Simios. ¡Eso es ilegal! ¿Cómo lo hicieron? —exclamó ella.

—Implantaron una copia del gen humano MCPH1 en el genoma de los monos. Se cree que este gen tiene un rol importante en el desarrollo de nuestros cerebros.

—¿Para qué? —preguntó Rose horrorizada.

—Quieren crear monos más humanos, más inteligentes.

—Suena como la historia del año...

—Los cinco macacos bebés que sobrevivieron pasaron por una serie de pruebas. Resulta que se desempeñaron mejor en las tareas de memoria a corto plazo —explicó Jake.

—¿Y qué pretenden ganar con esto? No entiendo.

—Afirman que estos experimentos van a ser cruciales para encontrar la cura del Alzheimer y del Parkinson. Pero están a años luz de conseguirlo. Si me preguntás a mí, me parece todo un disparate.

Rose se quedó pensativa unos segundos.

—¿Tenés algunas pruebas de esto?

—Los informes completos están en una habitación secreta del laboratorio. Necesitaría tiempo para poder conseguirlos.

Rose asintió con la cabeza. Jake abrió la puerta del auto para irse.

—Tenemos que tener cuidado. Rippin es un hombre peligroso.

—Estamos juntos en esto —lo tranquilizó Rose.

La noticia de los monos tenía a Rose más atareada que nunca. Dormía poco, ya que se quedaba noches enteras investigando frente a la computadora. El noticiero y la investigación sobre el testeo en animales de laboratorio le insumían mucho tiempo y todo eso le generaba un enorme estrés. Su única compañía era Panther, un gato negro azabache de ojos verdes que se comportaba más como perro que como gato. Rose solía ponerle un arnés y lo llevaba a dar largos paseos por el parque. Panther se le subió a la falda, ella lo besó. Era su compañero inseparable.

El moderno laboratorio de Rippin se erguía en medio de un gran parque verde, rodeado de árboles añejos. Mientras tanto, afuera del cerco perimetral, activistas proanimal protestaban en contra de la vivisección. Ajenos a la protesta, Rippin y su socio, Simón Edwards, se dirigían al cuarto secreto del entrepiso. En una gran jaula, cinco monos bebés jugaban con mantas y juguetes de peluche. Ya habían sido inyectados con la copia del gen humano y evolucionaban favorablemente. La mamá mona lamía a uno de ellos. Rippin y Simón se plantaron frente a la jaula de los monitos y los observaron jugar. Parecían más despiertos e inteligentes que los de su especie. Rippin abrió la jaula y, bruscamente, intentó sacar a uno de los monos bebés. El monito comenzó a chillar, por lo que su madre estiró los brazos para protegerlo. Rippin forcejeó con la mona, logró arrebatarle su bebé y luego, lanzó su típica sonrisita socarrona. Los científicos se miraron incómodos ante semejante espectáculo. Rippin tomó al monito en brazos mientras éste seguía chillando de miedo y extendía en vano sus pequeños brazos hacia su madre. Luego lo sujetó brutalmente del cuello.

—Vos vas a ser mi máquina de hacer dinero. Me vas a hacer más rico de lo que soy, chiquitín —le susurró al oído al animal y echó una ojeada rápida para uno y otro lado, donde se encontraban los científicos, como quien revela un secreto frente a posibles espías.

Un científico se acercó a él y le hizo señas para que le entregase al bebé.

—Doctor, no es bueno el estrés en esta etapa de sus vidas. Deben estar tranquilos con su madre, le sugirió con temor.

Rippin le lanzó una mirada odiosa y, sin decir una palabra, le entregó al animal. Hubo una cierta tensión en el ambiente, Simón intervino rápidamente.

—El doctor tiene razón, Freddy. No lo arruinemos, los monitos están evolucionando satisfactoriamente.

Rippin suspiró y de repente, le sonó el celular. Una voz en el teléfono le comunicaba que una protesta frente al laboratorio se estaba llevando a cabo.

—Tenemos que irnos, Simón. Unos estúpidos animalistas están protestando frente al portón de entrada.

El científico metió en la jaula al bebé mono, su madre lo abrazó fuerte para confortarlo. El animal sepultó su cabecita en el pecho de su madre, buscando refugio y protección. El lazo físico entre una madre mona y su cría es poderoso. Esta pobre mamá no podía hacer lo que todas las madres de su especie suelen hacer: caminar y saltar de árbol en árbol transportando a sus bebés sobre sus espaldas. Allí la vida era triste, era gris, era fría. No había árboles, no había verde, solo hombres bestiales y agujas y tratamientos que causaban pánico y dolor.

Desde el gran ventanal de su moderna oficina, Rippin observaba la protesta.

—Es una banda de estúpidos defensores de animales. Gente insoportable, si las hay— comentó en tono quejoso a su socio.

Con su micrófono en mano y mirando a la cámara, Rose le hablaba a la audiencia.

—Buenos días. Aquí Rose Rivers, para America News. Estamos en las afueras de la sede de la Compañía Farmacéutica Rippin donde cientos de personas se han reunido para manifestarse en contra de las pruebas con animales...

Los activistas gritaban mientras agitaban sus carteles que decían: "Basta de testeo en animales", "Paremos con la crueldad animal", "Los animales también tienen derechos". En los carteles podían verse fotos de ratas, monos, conejos, gatos y perros lastimados y enfermos a raíz de las pruebas a las que eran sometidos en los experimentos. Michael se acercó a saludar a su gran amiga Alice Beller, la presidenta de la Unión para la Abolición de la Vivisección.

—¡Cuánto me alegro de verte, Michael! —le dijo ella.

—¿Que tal, querida Alice? Vine a apoyar la causa, ya me enteré lo de los monos. Esperemos que esta vez la Justicia haga algo. ¡Buena suerte con la entrevista!

Michael se mezcló entre los manifestantes y se dedicó a observar con atención los movimientos del laboratorio. Sabía que la Justicia jamás haría nada contra Rippin, un científico corrupto de baja moral y sin escrúpulos que tenía sobornados a varios funcionarios públicos. Rose y su equipo se estaban preparando para la entrevista. Se sentía enérgica, y esperanzada, lo que estaba viviendo era el resultado de una investigación de largos meses, y tenía la convicción de que estas denuncias iban a generar cambios en cuanto al uso de animales en laboratorios. "Sin necesidad de redadas o vandalismos, como lo hice años atrás...", pensó mientras se acercaba a Alice.

—Aquí con nosotros está Alice Beller, presidenta de la Unión para la Abolición de la Vivisección. Como ustedes saben, tres días atrás nos llegaron, de forma anónima, fotos de monos macacos muertos, apilados dentro de tachos de basura con un informe devastador sobre la droga Tierodin —expuso. Luego preguntó: —¿Podría decirnos qué medidas ha tomado su organización a raíz del exclusivo reporte de America News?

—Buenos días a toda la audiencia, Rose. Sí, hemos presentado una demanda para exigir que se realice una investigación urgente al laboratorio en un esfuerzo por detener las pruebas con animales. Sabemos que están probando un medicamento para la incontinencia urinaria que tiene efectos secundarios espantosos en los monos —acotó Alice.

Furioso con la manifestación, Rippin prendió el televisor para escuchar la entrevista con atención.

—¿Qué hace toda esta gentuza verde gritando frente a mis oficinas? Estamos en horario central. Esto se pone cada vez peor —se quejó ante su socio.

—Tal vez debamos testear en ellos y no en los pobres animales —le respondió Simón burlonamente.

Rippin podía ver a los activistas gritando: "¡Animal Warrior irá por vos, Animal Warrior irá por vos!". Enfurecido, dio un golpe de puño contra la ventana. Fijó su mirada en el televisor y escuchó atentamente a lo que exponía Alice Beller.

—Algunos de los mayores avances científicos de la actualidad provienen de nuevos y modernos métodos que desestiman la investigación con animales y el sufrimiento que les ocasionan —comentaba mientras Rose aprobaba con la mirada—. Por eso, instamos a la Farmacéutica Rippin y a su presidente, Freddy Rippin, a que hagan uso de estos nuevos métodos alternativos.

Simón no podía creer tremendo espectáculo por la muerte de unos simples animales.

—¡Tanto quilombo por unos monos! Esto es lo que se llama una pesadilla verde.

La gente gritaba de forma efusiva: "¡Animal Warrior te va a destruir! ¡Animal Warrior te va a destruir!". Rose miró a la cámara e hizo su informe final.

—Mientras algunos le exigen a Freddy Rippin que tome medidas al respecto, otros le piden a Animal Warrior y a su Patrulla del Rescate que ponga punto final a los experimentos con monos. Rose Rivers para America News.

Rippin apagó el televisor y volteó sus ojos. Luego echó una sonrisita burlona.

—Ay, ay, Animal Warrior —expresó pensativo y mirando al vacío—... es con vos con quien deberíamos experimentar.

Rippin y Simón se reunieron esa misma tarde con Paul, el jefe de seguridad de la compañía. Paul no era precisamente el hombre con el cual uno tendría ganas de pelearse: era robusto, fibroso, parecía un fisicoculturista. Le rendía culto a su cuerpo entrenando en el gimnasio dos horas por día y practicaba boxeo los fines de semana. En un par de ocasiones, Rippin se había visto obligado a usar sus influencias políticas para sacarlo de la cárcel antes de lo previsto debido a sus peleas callejeras.

—Necesito averiguar qué empleado fue el que filtró las fotos de los monos muertos a la periodista de America News. Necesito atraparlo, y hacerlo desaparecer sin dejar rastro. Tenemos que dar con él. Estas traiciones son imperdonables y a los traidores solo les espera la muerte.

La enorme cabeza de Paul asintió rígidamente con un breve movimiento. Enseguida Rippin se dirigió a Simón:

—Si lo del genoma humano sale a la luz, la prensa nos va a crucificar. Ni te cuento el mundo entero.

—Voy a chequear qué empleados tienen acceso al departamento de animales —les dijo Paul.

—No podemos tolerar este tipo de comportamientos dentro de la empresa. Tenemos un enemigo adentro y no lo sabíamos —espetó Rippin. —Déjenmelo a mí. Voy a encontrar al traidor.

Rippin se recostó sobre su sillón, se prendió un cigarrillo.

—Tanto lío por unos animales insignificantes. ¿Qué tendrá esa gente en la cabeza?

Varios autos policiales se estacionaron alrededor del laboratorio para contener la manifestación. Michael y Alice conversaban cuando ella vio a Rose y al camarógrafo guardando los equipos. Alice la llamó a lo lejos.

—¡Rose! Me gustaría presentarte a uno de nuestros sponsors. La expresión de Michael se iluminó cuando la vio venir.

—Michael, ella es Rose Rivers, de America News.

Ambos se dieron la mano. Él ya la conocía a través de las noticias, admiraba su trabajo. Enseguida notó cuánto más atractiva era en persona. Ella había escuchado hablar de Michael Green y de su santuario, que siempre anhelaba visitar. Rose no esperaba encontrarse con alguien tan apuesto y carismático. El flechazo fue mutuo.

—Rose, él es Michael Green. Es veterinario y dueño del Santuario de Animales San Diego. Sus abogados nos ayudan con todo el aspecto legal de la Asociación. Su compañía, Green Holdings, es nuestro mayor apoyo.

—Un placer conocerte, Rose. Muy buen trabajo.

Rose se llenó de rubor. Michael no podía dejar de mirarla y no dejaba de sonreírle. Alice captó enseguida la mágica atracción entre ambos.

—Lo lamento chicos. Esta señora ya debe marcharse. Me esperan en la oficina.

Ambos se quedaron solos, Rose rompió el hielo.

—Me pregunto si existe la posibilidad de entrevistarte algún día. Me gustaría hacerte un reportaje en el santuario.

El camarógrafo le hizo señas a Rose de que ya era hora de regresar al noticiero. Rose le entregó a Michael su tarjeta personal.

—Yo te llamo —le contestó él.

—Estaré esperando. Muchas gracias.

Absorto en Rose, la siguió con la mirada. Hacía tiempo que una mujer no lo cautivaba de esa manera. Se sentía raro y esperanzado. Michael llevaba una vida en solitario; su última pareja, Caroline, una médica pediatra, le había causado una gran desilusión. Lo había dejado de un día para el otro y un año más tarde se había casado con otro médico, de su misma especialidad.

EL MUNDO DE MICHAEL GREEN

El santuario de Michael era un remanso de paz para cientos de animales rescatados del abandono y el maltrato. Cabras, ovejas, cerdos, gallinas, ciervos y zorros jugaban y pastaban en las verdes praderas. Era su sueño hecho realidad. Michael había comenzado a rescatar animales a los quince años. Los llevaba al rancho de sus padres y pasaba horas cuidándolos y jugando con ellos. Se sentía rodeado de amor; sabía, sin lugar a dudas, que ese era su camino y su vocación. Los ladridos de Miuka y Bruck, sus dos perros rescatados, lo despertaron. Michael abrió las ventanas: el sol brillaba radiante. Se quedó unos segundos contemplando a sus animales vagando felizmente por el campo verde. "Este puede ser un buen día para la entrevista", pensó.

—Buen día, mis dos monstruos —les dijo a sus perros y abrió la puerta para que salieran al jardín.

Mientras se preparaba su café, tomó el celular y llamó a Rose. Quedaron en reunirse esa misma tarde en el santuario.

En la sala de recuperación de la veterinaria, Michael examinaba el fijador externo en la patita derecha de Maddox, un gato adulto, naranja. Michael lo había operado de una fractura de fémur un mes atrás. La osteosíntesis había dado buenos resultados: los huesos de Maddox se habían alineado correctamente. Su dueña, Sofía, una niña de seis años, observaba expectante a Michael. A su lado, estaba su padre, el agente del FBI John Keith, un afroamericano de pocas palabras y altos valores morales.

—Este campeón viene evolucionando muy bien. La fractura soldó perfectamente. En el próximo control ya podremos retirarle el fijador externo y Maddox podrá volver a hacer vida normal —los tranquilizó Michael.

—Gracias, doctor. Mi hija y yo estábamos realmente preocupados.

Sofía empezó a saltar de alegría.

—¡Cuando sea grande quiero ser veterinaria como vos!

—Acá estaré esperándote para trabajar.

—Mi héroe es Animal Warrior, ¿sabías? —le dijo ella.

—El mío también. Parece que tenemos algo en común.

Los tres se rieron. John Keith alzó a Maddox, lo puso en la caja transportadora, y Michael le dio un par de instrucciones.

—Todo viene más que bien. Asegurate de que no salga a la calle bajo ningún concepto.

Sofía le dio un fuerte abrazo.

—Gracias por curarlo.

Michael le acarició la cabeza con ternura.

Horas más tarde, Michael jugaba con Bruck y Miuka en el porche del santuario cuando vio llegar a Rose. Ella estacionó y se bajó del auto.

—Bienvenida a mi mundo, Rose.

Ella recorrió el lugar con la mirada.

—Gracias por invitarme.

Rose pensó: "Este lugar es un verdadero paraíso". A Michael se lo notaba contento. La encontraba encantadora, inteligente, y bellísima. Ella activó el grabador del celular y, mientras caminaban por los campos del santuario, comenzó con las preguntas. Pensaba publicar la entrevista en la revista *California for Animals*, de la cual era parte.

—¿Hace cuánto que estás comprometido con el bienestar animal?

—Fue a partir de que me encontré con esta belleza... hace muchos años —contestó Michael justo cuando una cierva entrada en años y de andar cansino se les acercó.

Él le dio un beso en la cabeza y unas palmadas en el lomo. La cierva sepultó su cara en el pecho de Michael. Rose se conmovió ante tan tierno espectáculo.

—Parece que te ama.

—Ella es mi amada Vicky... y me cambió la vida para siempre.

—¿Podrías hablar de eso?

Michael lo pensó unos segundos, tomó aire y se confesó.

—Tenía catorce años cuando acompañé a mi tío James a cazar ciervos. ¿Alguna vez hiciste algo que sabías que te perseguiría para siempre?

Michael acarició a Vicky una vez más. Ella no se despegó de su lado. Michael continuó.

—Nos adentramos en el bosque. Ambos seguíamos el rastro de un ciervo. Segundos después, mi tío me hizo señas para que me detuviese... allí estaba ella... una cierva adulta espectacular. Era alta, esbelta y tenía un porte majestuoso. Su pelaje, bañado por el sol, parecía tener un color dorado rojizo. Estaba a solo unos metros, comía pasto y movía su cola... parecía un animal muy feliz. Mi tío le apuntó. Yo estaba nervioso, transpiraba como un loco. Me parecía tan bella... pero él ya la tenía en la mira. De repente, apretó el gatillo... *¡Bang!* Fue un tiro perfecto. Cayó herida al suelo. Toda esa belleza se esfumó como cuando se derrumba un edificio con explosivos. Sus patas aún se movían, como queriendo apoyarse en el aire para huir de lo que no podría... Pude sentir su agonía, su respiración agitada, vi la sangre derramada. El olor a pólvora era el olor de su muerte. Mi tío estaba eufórico. Yo estaba shockeado, pero todo se puso peor cuando de la nada apareció un cervatillo. Era su cría recién nacida, muy débil para correr, y comenzó a moverse alrededor de su madre muerta, como si quisiese despertarla... Después levantó su cabecita y me miró fijo a los ojos como diciéndome: "Me mataron a mi mamá" ...

Los ojos de Michael se empañaron, Vicky no dejaba de pedirle caricias. Rose observaba cómo Michael acariciaba a la cierva amorosamente. La conmovió ese amor que le brindaba. Ambos reanudaron la marcha y siguieron conversando.

—Pero eso no fue lo único que me pasó esa tarde... vi a la cierva en el mismo momento de desencarnar. Pude ver su espíritu saliendo del cuerpo... y a ángeles a su alrededor acompañándola en ese tramo final de su corta vida... eran pequeñas esferas blancas de luz muy brillantes. Y ahí entendí todo. Entendí que todos somos seres espirituales viviendo una experiencia terrenal. Entendí que los animales también van al cielo. Siempre nos han hecho creer que son inferiores, siempre nos dijeron que porque no piensan ni tienen lenguaje, no sienten... Ellos tienen espíritu, yo lo vi.

—Uno puede ver esa chispa divina en los ojos de cualquier animal —agregó Rose.

—Exacto. Todos los seres vivos tenemos esa energía vital que proviene de Dios. Michael le dio unas palmadas a Vicky y continuó hablando. —Los animales no están sujetos a las leyes de Dios y, al no tener la clase de conciencia que distingue el bien del mal, no rinden cuenta de sus actos. No se les reprochará nada a los animales, aunque hubiesen matado a un ser humano... Ellos no tienen la voluntad de hacer el mal, de dañar. El que los maltrata comete uno de los peores males. Esas personas son seres despreciables que vuelcan toda su maldad y su frustración en seres muy nobles... Yo siento que maté a su madre cuando ella era solo una cría. Enseguida me di cuenta de que la habíamos dejado sola en este mundo, sin protección ni alimento. Sentí que había matado a mi propia madre. Pensé en lo triste que hubiese sido mi infancia sin ella.

Rose lo escuchaba sin decir una palabra, sorprendida por la profundidad de este hombre. Entendió que ese había sido el gran momento que lo había transformado el resto de su vida.

—Me acuerdo de que ella me miró con los ojos más tristes que yo haya visto jamás. Pero aprendí a vivir con eso y ya no me mortifica. Creo que hago mucho bien a todos los animales que puedo teniéndolos en este santuario.

Rose acarició a Vicky. Se conmovió con la historia de ambos.

—¿Qué hiciste después de eso?

—Lloré desconsoladamente, exigiéndole a mi tío que la llevásemos al rancho de mis padres. Me vio tan conmocionado que accedió. Yo era solo un niño. Todo mi punto de vista cambió para siempre a partir de ese día... Ahí la criamos. Me gusta pensar que me perdonó enseguida. Yo la rescaté a ella, pero ella me rescató a mí. La adopción de un animal tiene eso: uno termina adoptado por ellos y necesita verlos y amarlos todos los días.

—Es una historia muy inspiradora, Michael.

—Después del trauma que me generó el asesinato de la cierva, empecé a interesarme acerca del maltrato animal. Lo hablé mucho con mi padre y me acuerdo de que él me regaló el libro *Liberación Animal,* del filósofo moral Peter Singer. Ese libro me demostró que el sufrimiento no está limitado solo a nosotros, los seres humanos.

—El mayor obstáculo que atraviesan los animales es justamente su incapacidad para protestar —le contestó ella.

—Así es. ¿Qué pasaría si un día todos los animales maltratados pudiesen reclamar ante el mundo a lo que los humanos los sometemos? El hecho de que no puedan organizarse para protestar hace que nosotros tengamos que alzar la voz por ellos. El hecho de que no puedan luchar contra la opresión que se ejerce sobre ellos hace que resulte más fácil para los otros oprimirlos y matarlos.

—Mucha gente cree que porque es buena con sus mascotas lo es con todos los animales —acotó Rose.

—Sí y eso no es suficiente. Uno no puede ser amante de los animales y comerse un plato de carne. Nosotros, los activistas, no solo amamos a los animales. Además, queremos que se los trate con respeto, como seres independientes y sensibles que son, y luchamos todos los días para lograrlo.

El celular de Michael sonó. Él se excusó y se apartó unos metros para atender la llamada.

—Perdón, Rose, pero tengo una emergencia en la veterinaria.

Ella quería continuar con la entrevista, se hubiese quedado toda la tarde conversando con él... le parecía tan interesante la vida que llevaba, lo que había vivido. Pensó en su exnovio, en el enorme amor que había sentido por él. Sin embargo, había algo en Michael que le atraía de forma inmensa.

—Conozco un restaurante muy bueno. Pensé que podríamos continuar con la entrevista allí...

Mientras cenaban, Michael observaba atentamente los labios rosados de Rose, sus dorados cabellos que le acariciaban los hombros... contemplaba su vestido, sus tacos altos... le encantaba el olor de su perfume. "¿Cómo será su cuarto? ¿Cómo se vería ella a cara lavada y en camisón?" Muchas fantasías recorrieron por su mente, todo en ella le gustaba. Michael le sirvió más vino.

—¡Basta de vino! Voy a terminar borracha —dijo ella riéndose.

—Como usted diga, señorita. ¡Sus deseos son órdenes!

—No parecés el tipo de hombre que sigue las órdenes de una mujer.

—Deberías conocer a mis dos perros. ¡Duermen conmigo en la cama y hacen lo que quieren!

—Me encantan los perros, pero vivo en un departamento y trabajo demasiado. Ellos necesitan más espacio y hay que dedicarles tiempo, por eso tengo un gato. Se llama Panther y lo amo.

A continuación, un grupo de turistas chinos entró al restaurant, y a Rose se le vino a la mente la redada de perros en el Mercado de

Zhang.

—¿Te acordás cuando Animal Warrior hizo la redada en el Mercado de Zhang? Estoy segura de que recibieron la ayuda de alguien muy importante del Gobierno. Lo que hicieron fue increíble.

—No me sorprendería. Por lo que tengo entendido, operan en todo el mundo. Soy fan de ellos, a full —contestó él.

Rose asintió con la cabeza y bebió un sorbo de vino.

—¡Lo que daría para que ese hombre me diese una entrevista! ¡Dios mío! Sería increíble para mi carrera.

Los ojos de Michael se iluminaron.

—¿Vos te imaginás terminar preso en un país dictatorial de Asia? —acotó ella.

—Mejor que ni te agarren, ¿no?

—Las redadas son muy peligrosas.

—¿Cómo sabés eso? —le preguntó él.

—Mi novio fue un gran activista animal. Cinco años atrás me llevó encubierta para filmar una pelea ilegal de perros. Fue asesinado de un tiro por uno de los pandilleros...

Rose suspiró y su rostro se envolvió de tristeza.

—Gracias a Dios, la policía pudo encontrar al malnacido.

—Lo lamento tanto.

Enseguida Rose cambió de tema, no quería hablar de su pasado. Ella no podía evitar sentir curiosidad por la vida amorosa de Michael y, finalmente, con un tono coqueto, le preguntó:

—¿Qué es de tu vida? Sos un veterinario exitoso, dueño de un santuario y un activista animal. ¿De novio, casado?

—Soy un adicto al trabajo. Mi vida está bien como está, pero...

—Pero ¿qué? —le preguntó intrigada.

Michael no podía quitarle la mirada de encima. Le contestó risueñamente.

—No soy precisamente el hombre indicado para estar en una relación. Llevo muchos secretos conmigo.

—Wow, esperá un minuto. ¿Qué tipo de secretos?

—Bueno, no serían secretos si te los cuento.

Ambos se rieron.

—¿Y usted, señorita? ¿Me va a decir que no tiene ningún secreto?

—¿Yo? Un libro abierto. Soy de Nueva Jersey. Mis padres siguen viviendo allí. Mi papá es arquitecto y mi madre, maestra de primaria. Tengo dos hermanos menores que yo. Tenía veintidós cuando me mudé a San Diego. Amo este lugar. ¡No extraño los inviernos de Nueva Jersey ni un poco!

Michael también sintió curiosidad por el estado amoroso de Rose.

—¿Marido, prometido, novio?

—Casada con mi trabajo.

—Bueno, parece que tenemos muchas cosas en común.

Los dos se rieron a carcajadas.

La oficina del santuario era moderna, y diversas fotos de animales salvajes colgaban de las paredes. Michael estaba sentado en su escritorio chequeando un archivo en su computadora: Genes humanos en monos, cuando sonó su celular. Enseguida atendió y escuchó atentamente a lo que un hombre le decía. Luego, Michael le contestó:

—Es hora de mandar un mensaje.

BEAGLES AL RESCATE

Rose esperaba ansiosa en el banco del parque la llegada de Jake. Finalmente, lo vio acercarse y él se sentó a su lado. Nerviosos, ambos se aseguraron de que nadie los estuviera observando. Disimuladamente, Jake le hizo entrega de un sobre.

—Aquí están las fotos de los macacos implantados y el informe preliminar del experimento. Justo cuando estaba por dar con los definitivos, un científico irrumpió en la sala. Necesito un poco más de tiempo.

—¡Dios mío! ¡Esto es tan perverso! —dijo ella.

Jake estaba desencantado con su trabajo; lo consumían la angustia y la culpa.

—El día que entré a trabajar para Rippin fue uno de los días más felices de mi vida. Con el tiempo me di cuenta de que se me hacía cada vez más difícil ver las cosas horribles que les hacíamos a los animales. Soy un científico, pero no todos estamos de acuerdo con este tipo de procedimientos. No creo en esa idea de que la ciencia debe avanzar a cualquier costo. Los científicos somos los responsables de las investigaciones que realizamos. Jake respiró hondo y continuó descargándose. —¿Cómo pueden algunos pasar su jornada de trabajo envenenando perros, gatos, monos, con efectos colaterales tremendos, y después llegar a sus casas y darles un beso a sus hijos? Yo no quiero ser como ellos. Algunos científicos afirman que los animales son físicamente como nosotros cuando les conviene explotarlos, pero se niegan a admitir que realmente son como nosotros cuando se trata de su sufrimiento. No debemos permitir que se salgan con la suya.

Rose lo escuchaba atentamente y asentía todo lo que Jake decía.

—Muchos estudios han demostrado que las pruebas con animales no logran predecir con precisión las reacciones en humanos —le comentó Rose—; me acuerdo del caso de la droga talidomida, creada para el tratamiento de las náuseas durante el embarazo. No causó ningún daño en perras preñadas, pero sí lo hizo en fetos humanos. Miles de niños nacieron con malformaciones.

—Exacto —le contestó Jake—. Incluso el Practolol, una droga para enfermedades del corazón, pasó las pruebas con animales, pero les causó ceguera a varias personas. Estimaciones científicas indican que entre el 90% y el 95% de los fármacos que pasan las pruebas en animales fallan en seres humanos, ya sea porque no son efectivos o porque tienen efectos secundarios peligrosos. Es más, un estudio publicado en The BMJ (British Medical Journal) encontró que menos del 10 % de la investigación con animales se traduce en beneficios médicos para humanos. La cuestión es que los laboratorios reciben millones en subvenciones gubernamentales para sus investigaciones. Pero ya es hora de que empecemos a replantearnos estas prácticas crueles e ineficaces.

Jake se levantó, listo para marcharse.

—Espero que puedas exponer estas atrocidades al mundo entero —le dijo él.

—Lo haré. Espero los informes finales. Cuidate, por favor —le pidió ella.

Jake se retiró. Detrás de unos árboles, los ojos fijos de Paul observaban atentamente cómo se despedían.

Alice Beller, escoltada por cientos de activistas y ciudadanos, entre los que se encontraban familias, mujeres, niños y abuelos con sus mascotas, llegaba al criadero de perros *Beagle* que Rippin tenía en las afueras del pueblo Vista Town. Los manifestantes llevaban carteles que decían: "Libertad para los animales", "Este criadero es un campo de concentración de perros". La multitud rodeó el cerco perimetral. El sonido de un helicóptero llamó la atención de los manifestantes. Un guardia de seguridad, que monitoreaba la protesta, alertó de inmediato a la policía. El helicóptero aterrizó en el techo del criadero; los niños, asombrados, vitoreaban con entusiasmo.

—¡Animal Warrior! ¡Animal Warrior ya llegó!

Animal Warrior y sus tres compañeros de La Patrulla del Rescate, se encontraban en el interior del helicóptero; el piloto los alentó a prepararse para el descenso. Sabían que el tiempo apremiaba y debían actuar con rapidez y precisión.

—¡Los espero acá! Recuerden: continuos beeps por el radio si la misión está en peligro.

Los tres hombres enmascarados bajaron del helicóptero. Con un ligero movimiento, Animal Warrior activó el cambiador de voz que llevaba integrado en su equipo de rescate. La multitud miraba extasiada al famoso héroe de animales.

—¡Espérennos! ¡Ya les traemos a los perros!

La tecnología del cambiador de voz hacía que su tono fuera más grave y autoritario, lo que añadía aún más peso a sus palabras. La gente silbaba y aplaudía. Cuatro agentes del FBI llegaron a la escena, pero esto no disuadió el entusiasmo de las personas, a quienes pareció no importarles la presencia policial. Todos siguieron firmes detrás del cerco. Los agentes observaban con asombro la situación y se dieron cuenta de que tampoco podían hacer demasiado: eran familias enteras con sus mascotas, emocionadas ante la llegada de Animal Warrior. Animal Warrior y su Patrulla descendieron por una escalera lateral exterior y entraron al recinto forzando una puerta trasera con una palanca mientras el cineasta del grupo desarmaba el sistema de alarmas con su celular. Tres activistas de Bite Back Organization, enmascarados y vestidos con el uniforme militar de Animal Warrior se unieron a ellos. Estaban con los minutos contados, tenían que rescatar a muchos perros en tiempo récord. Sabían que cualquier paso en falso los mandaría a la cárcel. Avanzaron con cautela, cada minuto era crucial y la tensión se palpaba en el ambiente. De repente, un guardia apareció en su camino y abrió fuego.

—¡Váyanse de acá, malnacidos! —los insultó.

Uno de los miembros de la Patrulla recibió un disparo en el hombro. Herido, gemía del dolor. Acto seguido, sacó su arma, dispuesto a devolver el tiro al guardia. Animal Warrior lo interceptó y se la quitó de las manos.

—¡Ya te dije que nada de armas! ¿Cuántas veces te lo tengo que decir?

—¡El guardia intentó matarme!

—Sí, y todos sabemos que ese es el riesgo que corremos —le contestó Animal Warrior con enojo.

En el ínterin, uno de los enmascarados tomó al guardia por

detrás. Ambos forcejearon; en el fragor de la lucha, el activista logró inyectarle un dardo tranquilizante en el brazo. El guardia se desmayó segundos después. El lema de Animal Warrior era defender y preservar la vida, todas las vidas tenían valor, aún la de quienes cometían los peores actos de crueldad. Había ciertos límites que él nunca traspasaba. Si bien era un justiciero enmascarado y faltaba a la ley con sus rescates, siempre lo hacía centrado en su eje interno, jamás se dejaba caer en la trampa de ser tentado por la oscuridad. Enseguida Animal Warrior le hizo a su compañero herido un torniquete para detener el sangrado y alentó a los demás a continuar. El tiempo apremiaba y, minutos después, juntos alcanzaron al resto, que se dirigía hacia el recinto de los animales. Todos, al entrar, vieron una escena escalofriante: cientos de perros y cachorros de raza *Beagle* confinados en pequeñas jaulas de metal, sin cuchas, mantas ni juguetes. Estaban muy flacos, lastimados por los barrotes, muchos de ellos con la mirada perdida, entristecida. Los perros captaron enseguida la presencia de los hombres y comenzaron a ladrar desesperados, anhelando cariño y amor humano. Animal Warrior y los activistas abrieron, con habilidad y rapidez, una a una las jaulas; algunos perros se dejaban agarrar fácilmente, otros estaban acurrucados temblando de miedo, sin saber qué hacer. El cineasta filmaba toda la redada.

Los activistas alzaban a los perros y los iban llevando afuera del recinto. Los animales se mantenían calmos, como si supiesen que esos hombres los estaban salvando de una vida desgraciada, llena de dolor. El segundo guardia del establecimiento sorprendió al cineasta por detrás, ambos pelearon ferozmente. El guardia lo empujó contra una de las jaulas.

—¡Te voy a matar, bastardo! —le gritaba mientras le apuntaba con su arma.

Animal Warrior se precipitó sobre el guardia, pelearon por el arma y logró arrebatársela. Un tiro se disparó, pero afortunadamente nadie salió herido. Enfurecido, el guardia sacó una navaja de uno de sus bolsillos y le hizo un tajo en el muslo. Animal Warrior pegó un grito de dolor, sin embargo, rápido de reflejos le disparó con su pistola de dardos en la pierna, y el guardia cayó desmayado, segundos después. Animal Warrior se unió a los otros y comenzó a sacar a los cachorros del lugar, a pesar del dolor punzante y agudo que sentía en la herida. Los hombres enmascarados, con los perros y cachorros en brazos, aparecieron frente a una multitud que los miraba asombrados y llenos de esperanza. Los niños lloraban de felicidad, y las madres aplaudían la hazaña de estos héroes de animales. Los rescatistas fueron pasando los animales uno a uno, a través del cerco. El rescate se transformó en una gran danza de liberación animal, tal como había sucedido en el Mercado de Zhang. La operación estaba perfectamente coordinada. Mientras Animal Warrior y dos compañeros se adentraban en el recinto en busca de más perros, los demás continuaban entregando a los animales a la multitud detrás del cerco perimetral. Las familias y los activistas estaban emocionados a medida que recibían a los perros y cachorros. Algunos estallaban en sollozos cuando por fin los acariciaban y besaban. Los agentes del FBI observaban la escena, petrificados. Uno de ellos sugirió actuar inmediatamente.

—Tenemos que parar esto.

Un niño con un cachorrito en brazos caminó delante de ellos.

—¿En serio tenés el coraje de quitarle el cachorro a ese niño? —le respondió otro de los agentes.

Los cuatro agentes del FBI, abrumados por la situación, observaban la escena sin esperanzas. Uno de ellos decidió entrar al recinto. Otro lo acompañó. El primer agente rompió el candado del cerco con una tenaza y entró al perímetro, seguido de su compañero. La multitud se amontonó y entró tras ellos rodeándolos para bloquearles el ingreso al lugar. Los dos agentes se vieron acorralados por madres, abuelos y niños. No había mucho que pudiesen hacer. La Patrulla del Rescate y los tres activistas de Bite Back dejaban el lugar vacío de animales, mientras Animal Warrior revisaba todas las jaulas por última vez. A su lado, lo acompañaba el cineasta. Animal Warrior sacó de su mochila un spray rojo y escribió en una de las paredes: "Campo de concentración de animales. Vinimos, vimos y liberamos a los perros. Animal Warrior y la Patrulla del Rescate". Luego miró a la cámara, y con determinación, se adjudicó la redada.

—Los experimentos con animales son crueles. Estos perros ya no vivirán más en frías jaulas de metal a la espera de que se testee con ellos en un laboratorio. Mientras haya animales en situación de abuso, estaremos nosotros para rescatarlos. Somos Animal Warrior y la Patrulla del Rescate. ¡Jamás nos vencerán!

Enseguida se dirigieron ambos hacia la puerta de salida. El piloto del helicóptero pudo ver a uno de los agentes del FBI lograr escabullirse entre la multitud y entrar a las instalaciones. Comenzó a emitir continuos pitidos con su radio portátil, era la señal de peligro inminente. Animal Warrior estaba a punto de salir cuando escuchó el leve gemido de un cachorro. Se detuvo inmediatamente.

—Pitidos continuos. ¡Tenemos que irnos ya! —le advirtió el cineasta.

—Andá saliendo. Te sigo después.

El cineasta dejó el lugar, y Animal Warrior avanzó siguiendo el llanto lastimero del animal. Lo encontró en la última jaula, hecho un bollito y empapado en su propio pis. El pequeño de apenas cuatro meses estaba tan débil que apenas podía mantenerse en pie. Fue entonces cuando Animal Warrior comprendió aún más la crueldad de la política de la empresa de Rippin. Seguramente, los científicos, al ver al cachorro tan débil y vulnerable, habían decidido abandonarlo en la última jaula sin agua ni comida, asumiendo que no sobreviviría a los experimentos. Animal Warrior abrió la jaula y lo protegió con un cálido abrazo. Los continuos beeps de la radio seguían sonando, pero Animal Warrior, a pesar de los riesgos que corría, había decidido darle una oportunidad a este pequeño ser. Se lo llevó al pecho, le susurró:

—Hola, bebé... una linda familia va a cuidarte a partir de hoy. Vas a ser un perro feliz. Te lo prometo.

El cachorro hundió su cabecita en el pecho de su héroe y soltó un suspiro profundo. Luego alzó su tierna mirada hacia él. El tiempo pareció detenerse en ese momento idílico, en el que Animal Warrior estaba dispuesto a correr todos los riesgos. Esos segundos le llenaban de dicha el alma. El cachorro lo entendió todo. Animal Warrior lo revisó.

—Oh... sos un machito.

Mientras el perro le lamía la máscara, un agente del FBI apareció silenciosamente detrás de ellos.

—Ponga sus manos en alto y no se mueva —le advirtió.

—No voy a moverme, pero no puedo levantar mis manos —le contestó Animal Warrior.

—Dese vuelta muy despacio. No intente nada raro.

Animal Warrior se dio vuelta para encontrarse con John Keith. Ambos se miraron fijamente a los ojos. A Keith le resultaron familiares esos ojos azulados, los había visto antes. Había algo en él que le recordaba a alguien cercano. Keith se fue acercando lentamente, le quitó la máscara y quedó paralizado al descubrir que era el veterinario de su amado Maddox: el Dr. Michael Green. Ambos se quedaron estupefactos ante tal revelación y miles de preguntas se agolparon en la mente de Michael. "Es un agente del FBI... aunque me conozca, me va a arrestar igual", pensó. De pronto, una voz en el micrófono de Keith cortó el momento, y la tensión se disparó en la sala.

—El helicóptero está por irse, ¿quedó alguien ahí adentro?

Esa pregunta hizo que Keith mirara a su alrededor: frías y grises jaulas de metal. Luego concentró su mirada en el dulce cachorro y se conmovió. En ese instante, tuvo una revelación profunda y pensó con total conciencia: "¿Cómo yo, siendo descendiente de esclavos, puedo permitir la esclavitud animal?" Y ahí comprendió lo injusto que sería que un inocente animal fuese sometido a terribles experimentos para terminar con una existencia triste y dolorosa. Se acordó de su perra Dixie y de cuánto la había amado. Keith tenía apenas ocho años cuando sus padres lo llevaron a un refugio local buscando una compañía para su único hijo. Fue amor a primera vista al ver a esa perrita color canela. Ella se convirtió en su mejor amiga y fiel compañera, durmió a los pies de su cama durante muchos años. Cuando Dixie falleció de vieja, Keith quedó sumido durante varios meses en una profunda tristeza. Su dolor fue tan grande que aún recordaba con nostalgia los momentos felices que habían compartido juntos. Desde niño no toleraba las injusticias y siempre supo que quería integrar las fuerzas policiales para servir a la comunidad. En el fondo, admiraba a Animal Warrior porque entendía que las injusticias no solo eran aplicables a los seres humanos. El cachorro, con sus dulces ojos redonditos, lo miraba y le movía la cola.

—Todo despejado. Ya no queda nadie —le contestó al otro agente a través del micrófono.

John Keith le devolvió la máscara y le hizo señas a Michael para que se fuese lo antes posible. Ya caía la noche cuando Michael por fin subió al helicóptero. Con el cachorro en brazos, miró desde arriba a la multitud que ya estaba marchándose junto con Alice Beller y los animales. Con la serenidad del deber cumplido, suspiró de alivio y se quedó contemplando al cachorro. "Los salvé... sí, los salvé de un futuro triste y espantoso. Cometí un delito. Los robé, sí me los robé. Pero es la única forma que conozco para hacer visible el sufrimiento animal. Recurrimos a la acción directa. Puedo ir preso. Me pueden matar. No me importa. Solo me importan ellos. Es el único medio eficaz para generar conciencia... para mostrar el dolor que llevan, para mostrar el sufrimiento que les infligimos solo para ganar más dinero. Les dedico mi vida. A veces tengo miedo, pero sigo adelante. Sé que ellos se dan cuenta de que estamos ahí para rescatarlos. Si uno los viera... se dejan agarrar fácilmente. Simplemente lo saben. Ver sus miradas de agradecimiento y felicidad no tiene precio. Tengo una vida complicada, pero soy feliz. A mi manera. El día que entendí cuánto sufrían, no he dejado de luchar por ellos...".

Se quitó la máscara.

—Misión cumplida, muchachos.

Todos aplaudieron mientras el helicóptero se iba sobrevolando el lugar.

Michael Green era nada más y nada menos que Animal Warrior. Hacía cinco años que este valiente veterinario llevaba una doble vida como liberador animal. Michael era el líder de la clandestina

Patrulla del Rescate que se dedicaba de forma encubierta a la acción directa, lo que incluía la liberación y el rescate inmediato de los animales. Michael estaba seguro de que el rescate directo era una forma más efectiva de crear conciencia sobre el bienestar animal que la vía burocrática y lenta de la revolución cultural. Para él, generar ruido y polémica a través de acciones concretas era la forma más rápida de lograr que la gente tomara conciencia de la importancia de proteger a los animales. Michael tenía muy en claro que, para luchar por los derechos de los animales, se necesitaba una red internacional de personas que operara de forma secreta con él. Esta red incluía a espías de la CIA, agentes del FBI y del Pentágono, políticos, reyes, reinas y príncipes comprometidos con la causa, así como personas que trabajaban encubiertas en circos, zoológicos, laboratorios y granjas de pieles, entre otros. Todos y cada uno de ellos eran amantes y activistas proanimal, y unían sus esfuerzos y recursos para rescatarlos, documentar los abusos y denunciarlos ante la opinión pública. Sin embargo, no todos ellos conocían la identidad de Michael, sino que solo algunas personas en altos cargos de poder, así como sus más fieles compañeros que eran los que se dedicaban a contactarlos y hacerles conocer la nueva misión de Animal Warrior. Su búnker secreto estaba situado debajo de las instalaciones del santuario, y allí mismo se planeaban las redadas y los rescates. El búnker subterráneo era amplio y moderno. Contaba con una sala de reuniones, oficinas, cuatro habitaciones, cuatro baños, una cocina, un lavadero, una sala de cirugía y recuperación para los animales rescatados y un cuarto de equipamiento militar donde se guardaban todos los equipos y dardos tranquilizantes para los rescates.

Thomas Lakes y Michael estudiaron juntos la carrera de Veterinaria y, apenas se recibieron, decidieron fundar la clínica. Thomas era un amante de las armas desde pequeño y solía ir armado a las redadas a pesar de las advertencias de Michael. Las peleas de ambos eran constantes. "¿Con qué derecho pregonamos y luchamos por la vida de los animales si herimos y matamos a los seres humanos que los oprimen?", pensaba Michael. Él y su equipo llegaron al búnker y se dirigieron a la sala de cirugía. Allí, bajaron el estrés y los nervios que acompañaban a la misión: los elogios, los reproches y las quejas comenzaron a aflorar... Thomas estaba recostado en la mesa de operaciones mientras Michael preparaba la anestesia.

—Te va a arder —le dijo Michael—. La próxima vez que lleves un arma, te quedás afuera —le advirtió.

Thomas lo miró de reojo sin decirle una palabra. Michael le removió la bala incrustada en el hombro, que no había dañado huesos ni músculos importantes.

—¡Malditos criadores de perros! Y después tienen el tupé de decir que los terroristas somos nosotros —se quejó Thomas.

Bradley Wolff era afroamericano y el eximio piloto del grupo. Había sido marine en Afganistán, y los horrores de la guerra lo habían convertido en una persona más centrada que se resistía a usar armas. Mientras le alcanzaba a Michael las suturas para Thomas, le dijo:

—Tenés que bajar un cambio, hermano. Después no digas que Michael no te advirtió.

Thomas no le contestó y se retiró a dormir a una de las habitaciones. Mientras tanto, Eric García, un joven latinoamericano y el cineasta del grupo, editaba las filmaciones de la redada. Había estudiado cine en la UCLA y era especialista en sistemas informáticos de manera autodidacta. Michael y Eric fueron compañeros de la secundaria, y la timidez de ambos y el amor compartido hacia los animales hicieron que forjaran una fuerte amistad. Juntos solían rescatar perros y gatos y los recuperaban en el rancho de los padres de Michael. Eric fue el primero en enterarse del shock que había sido para su amigo presenciar la muerte de la mamá cierva. Tenía destreza y coraje para filmar las redadas, era un pilar fundamental de la Patrulla del Rescate.

—Los videos quedaron increíbles. Mañana termino la edición, los envío a America News y los cuelgo en las redes —les comentó entusiasmado.

Michael, dolorido, se recostó sobre la camilla. Bradley le limpió la herida. El tajo no era muy profundo, pero sí bastante extenso. Después lo anestesió, tomó la aguja y comenzó a suturarlo.

—Buen trabajo —le dijo Michael al ver el profesionalismo de su amigo.

—Aprendí a coser en Afganistán, me defiendo bastante —acotó Bradley con una sonrisa.

LA ENTREVISTA A RIPPIN

Jake O'Neill estaba preparando un sándwich en la cocina cuando, de pronto, oyó unos ruidos que provenían del living. ¿Había alguien en el departamento? Dejó el sándwich a medio hacer y fue a inspeccionar con cautela. No vio a nadie. Cuando volvió a la cocina, sintió unos guantes que le colocaban una soga alrededor del cuello. Peleando por su vida, forcejeó con el asesino. Ambos cayeron al piso, rodaron uno encima del otro. El asesino más fuerte y entrenado, terminó encima de Jake. Hábilmente le rodeó el cuello con una soga, Jake apenas podía respirar, tosía y hacía intentos para quitárselo de encima. El asesino tiró fuerte... y terminó por ahorcarlo. Jake quedó tendido, muerto, en el suelo. Entonces el sicario acomodó la escena para que pareciera un suicidio.

En la sala de control del noticiero, el director de noticias, Jeffrey Hilton, y su asistente, un joven flaquito y con cara de niño, Christian Valley, observaban a Rose, a través del monitor, cubriendo la noticia de la última redada de Animal Warrior.

—Un grupo de activistas proanimal asaltaron anoche un criadero de perros. La redada fue reivindicada por Animal Warrior y su Patrulla del Rescate. El criadero pertenece al poderoso empresario Freddy Rippin, quien, la semana pasada, fue cuestionado por la filtración de fotos de monos muertos provenientes de su laboratorio. Estas imágenes nos fueron enviadas de forma anónima a America News.

Jeffrey y Christian seguían las imágenes del atraco con atención. Jeffrey se dirigió a Christian.

—Necesitamos una entrevista urgente con Rippin... Quiero que te contactes con su secretaria lo antes posible.

—Estoy seguro de que Rose la va a conseguir.

—¿Rose? Imposible. Rippin nunca le daría una nota a una periodista militante de animales. Nick es el indicado. Hablaré con él —sentenció Jeffrey.

Nick Platt era un joven presentador de noticias y peleaba a Rose constantemente. Ella lo detestaba. Nick defendía y simpatizaba con cazadores, toreros, peleteros... no tenía ninguna empatía con la causa animal. Ambos eran lo opuesto y tenían visiones muy distintas de la realidad actual y de la vida en particular. Jeffrey los había contratado a ambos para que diesen las noticias matutinas. El público se divertía viendo cómo discutían en cámara. Su programa *Buenos Días San Diego* tenía un rating altísimo. Jeffrey y Christian continuaban observando a Rose mientras daba las noticias.

—Animal Warrior y su Patrulla afirman haber optado por la "acción directa" contra el maltrato animal, al rescatar a esos pobres perros y así perjudicar económicamente a sus explotadores. Estos animales iban a ser vendidos a laboratorios para cruentos experimentos científicos.

—¿Qué está haciendo? ¿Está loca? Estos tipos estaban violando la ley —se quejó Jeffrey.

Christian lo interrumpió.

—Mucha gente opina como ella. Fíjese cuántas personas fueron al criadero a rescatar a esos pobres perros.

Jeffrey meneaba la cabeza mientras continuaba observando a Rose a través del monitor.

—Animal Warrior afirma que estos perros se salvaron de ser alimentados a la fuerza con detergentes, pesticidas y productos químicos. Es evidente que se vieron obligados a tomar estas medidas a raíz de que hay un sistema que perpetúa el maltrato ante la falta de una ley que prohíba la experimentación con animales.

Jeffrey no daba crédito a lo que estaba escuchando. ¡Su dulce reportera Rose estaba defendiendo a estos malhechores!

—No puede hablar así —le comentó a Christian—. Es una reportera y no debería tomar partido por Animal Warrior en cámara.

Christian se reía para sus adentros, amaba a los animales tanto como Rose. Unas horas más tarde, Jeffrey llamó a Rose a su oficina. Sentado en uno de los sofás, se encontraba Nick. Sus ojos llenos de malicia se cruzaron con los de ella.

—¡No podés hablar de esa manera al aire! ¡Esta gente está violando la ley! Se robaron cientos de perros — espetó Jeffrey.

—¿Quiere o no quiere que entrevistemos a Rippin?

—Nick es la persona indicada para hacerlo. Ya nos contactamos con su secretaria y está dispuesto a venir si Nick es el entrevistador.

—Usted no puede hacerme esto. No es justo que él se lleve la nota. La verdad... estoy muy desilusionada.

Nick le sonrió con arrogancia. Su jefe lo había elegido a él.

—Animal Warrior es un delincuente, mi querida Rose. Acá la única víctima es Rippin —se burló Nick.

Rose no podía creer lo que escuchaba, todas las mañanas hacía esfuerzos para dar las noticias a su lado. Jeffrey volvió a reprenderla.

—Sos mi mejor reportera, Rose, pero vos no podés apoyar acciones ilegales frente a la cámara y no sos precisamente la persona indicada para entrevistarlo.

—De ninguna manera. Yo soy la que recibe toda la información con respecto a estos temas. ¿Qué tiene que ver Nick en todo esto? Yo solo reporto los hechos. Sé que me excedí un poco y mezclé información con opinión, pero no pude contenerme a ver las deplorables condiciones en que mantenían a esos perros y el horrible futuro que les aguardaba.

—La experimentación con animales vivos sigue siendo legal. La Administración de Alimentos y Medicamentos exige que las empresas proporcionen numerosas pruebas en animales como parte de su proceso de aprobación de medicamentos.

— Eso ya no es obligatorio. Lo fue hasta diciembre de 2022; sin embargo, este requisito se eliminó, permitiendo a las compañías farmacéuticas optar por métodos alternativos.

—Esta discusión se termina acá. Podés retirarte.

Rose contuvo su bronca y salió de la oficina. Nick había ganado.

El día de la remoción del fijador externo de Maddox, finalmente, había llegado. Sofía entró a la sala, tan vivaz y feliz como siempre. Sin embargo, se podía percibir cierta tensión e incomodidad entre

Michael y Keith. Keith había descubierto que Michael pertenecía a la famosa Patrulla del Rescate y no podía evitar preguntarse si en realidad era el legendario Animal Warrior. Lo sospechaba fuertemente, ya que había sido el último en salir de las instalaciones siguiendo la tradición de que el capitán es el último en abandonar el barco. Michael llegó sosteniendo a Maddox en brazos y lo colocó con cuidado en la mesa de examen.

—Ya le quitamos el fijador externo —les dijo, acariciando suavemente la patita recuperada.

Michael le dio a Maddox unas palmaditas en el lomo y, en agradecimiento, el gato le lamió las manos. Keith lo observó. Pudo ver en él el amor y la compasión con la que trataba a su querido felino. Se imaginó a Michael retirando con precisión y cariño las barras de metal de la pata de su mascota. Había presenciado cómo lo curaba, lo vacunaba, lo atendía, siempre con una dedicación y un amor inquebrantables. Vio trabajar esas manos firmes y sanadoras. Todo eso lo conmovió. “Este hombre ama a los animales, los ama tanto que arriesga su vida y su reputación por ellos”, pensó. Él, que estaba acostumbrado a detener terroristas, asesinos seriales, narcotraficantes, secuestradores. Él, que esposaba manos que ponían bombas, que torturaban, que mataban, pudo ver que las manos de Michael rescataban, curaban heridas, acariciaban. Michael era un hombre noble, de una moral elevada. Un justiciero independiente. Y lo admiró. Pero también supo que, si el FBI emitiese la orden de arrestarlo, tendría que hacerlo. Aunque no quisiese, aunque no estuviese de acuerdo, él debería cumplir con su trabajo. Mientras Keith tenía todo esto en mente, su hija Sofía tomó su celular y puso, en YouTube, el video de la redada de los perros *Beagle*.

La niña era una fan de Animal Warrior y veía sus videos de rescate una y otra vez. Absorta en la última redada, Sofía subió el volumen del video. Michael colocaba a Maddox en la caja transportadora mientras el sonido de fondo de su voz resonaba en la sala. “Los experimentos con animales son crueles. Estos perros ya no vivirán más en frías jaulas de metal a la espera de que se testee con ellos en un laboratorio...”.

Sofía comenzó a saltar emocionada.

—¡Papá! ¡Miralo a Animal Warrior en el helicóptero con el cachorrito! —le decía mientras le mostraba las imágenes de Michael enmascarado con el animal.

Michael y Keith intercambiaron miradas.

—Apuesto a que está del lado verde, doc —le dijo Keith, para probar su reacción.

—Gajes del oficio —respondió esbozando una leve sonrisa—. Ahora Maddox podrá hacer vida normal. Durante los primeros días puede ser que no apoye totalmente su pata, pero, con el correr del tiempo, lo hará.

Keith le hizo señas a Sofía de que ya era momento de irse. La niña guardó su celular en su mochila y le dio a Michael un beso de despedida. Él emitió unas palabras.

—Muchísima gente apoya a Animal Warrior incondicionalmente y otros lo consideran un criminal —le dijo a Keith mientras este atravesaba la puerta para irse—. ¿Por qué no lo arrestó?

—Porque yo no persigo a los héroes —le contestó Keith categórico.

Michael respiró hondo. Comprendió que Keith ya sabía su secreto... y su identidad. A partir de ese momento, un acuerdo implícito de lealtad se había forjado entre ambos.

En la sala de conferencias del FBI, el inspector Sams impartía instrucciones a los agentes Perry, Stone y al mismo John Keith, quienes finalizaban el análisis de las imágenes de la redada en una gran pantalla.

—Obtuvimos este material de America News y de YouTube. Es el mismo grupo que irrumpió en el festival de carne de Zhang, en Asia.

—Creo que Rippin es peor que Animal Warrior —acotó John Keith.

El inspector Sams frunció el ceño y le lanzó una mirada cortante. Para él, Animal Warrior era un delincuente.

—¿Sabe usted quién es el dueño del criadero? El famoso Freddy Rippin. Estos individuos se piensan que pueden actuar por encima de la ley. A partir de ahora investiguen a Liberación Animal y a cualquier otra organización que esté relacionada con el bienestar de los animales. Necesitamos encontrarlos.

Todos asintieron. El inspector Sams continuó.

—Recién enviamos unas huellas de zapatos a laboratorio. Mañana a la mañana tendremos los resultados. ¿Qué tiene para mí, agente Stone?

—Muchas personas nos llamaron por la recompensa. Sin embargo, ninguna de ellas pudo dar información que nos sea de utilidad. Pero sí hemos descubierto información relevante sobre una reportera. Se trata de Rose Rivers. ¿Le suena ese nombre? Hace unos cinco años, cubrió una redada clandestina de peleas de perros, bajo la apariencia de una activista animal.

El inspector Sams asentía con la cabeza.

—Buen trabajo, Stone. ¿Qué más?

—Su novio, Edward Murphy, era miembro de Liberación Animal y participó varias veces en redadas donde colocaban bombas y volaban granjas de pieles y mataderos.

El agente Perry agregó más información.

—Murphy fue asesinado en la redada por uno de los pandilleros, el cual fue identificado por la misma Rose Rivers. El asesino está cumpliendo su condena hasta el día de hoy.

—Es posible que ella tenga contacto con Animal Warrior y su gente. Vayan a America News y veamos qué dice. Pueden retirarse —les dijo Sams.

Rose y Christian charlaban animadamente en uno de los pasillos del estudio. Christian le susurró a Rose en voz baja.

—Te conozco muy bien. ¡Estoy seguro que Animal Warrior te parece súper sexy!

Rose se rio a carcajadas.

—Daría cualquier cosa por participar en una de sus redadas —acotó Christian.

—¿Desde cuándo amás tanto a los animales? —le preguntó Rose sorprendida.

—Crecí en una granja. Yo tenía de mascota a una cerdita que se llamaba Emmy. Era mi mejor amiga. Un día, me acuerdo que no podía encontrarla por ningún lado... Mi padre la había sacrificado para la cena.

—¿Él sabía que Emmy era tu mascota?

Christian asintió con la cabeza.

—No le dirigí la palabra por varias semanas y, a partir de ese día, nunca más pude comer carne.

Rose lo miró con amor fraternal.

—No sabía eso de vos, Christian. Lo lamento mucho.

—Hay muchas cosas que no sabés de mí, linda... Lo creas o no, estás hablando con el gimnasta dos veces campeón nacional de Indiana.

Los dos se echaron a reír, cuando Nick se acercó a ellos. Haciendo alarde de haber conseguido información de antemano, les dijo:

—El fiscal no encontró pruebas respecto a los monos muertos en el laboratorio, por lo que el juez desestimó el caso...

Rose lo fulminó con la mirada.

— ¿Y eso te hace feliz? —le preguntó ella.

—Bueno... no soy de los que pelean por causas perdidas.

—Sos una rata egoísta —le dijo Christian—. Un ser horrible.

—Las ratas se están apoderando de Los Ángeles, cariño. Nadie puede contra ellas —le contestó Nick y continuó —Rose... ¿Pudiste ver las últimas noticias? Hallaron muerto en su departamento a un científico de Laboratorios Rippin.

Le encantaba provocarla. Rose se congeló.

—¿De qué me estás hablando?

—Chequealo —le contestó mientras le mostraba la terrible noticia con su celular—. Aparentemente se suicidó.

Nick se fue pavoneándose. Rose y Christian se miraron con preocupación.

Recostada en el sofá junto a Panther, Rose miraba atentamente las noticias. Se le ensombreció la mirada al ver a Nick presentando la muerte de Jake. Mientras acariciaba a su gato, Rose se preguntaba cómo había podido suceder algo así y se sentía horriblemente ante la sensación de culpa que la invadía.

—Hoy a la mañana, Jake O'Neill, un joven científico de Laboratorios Rippin, fue hallado muerto en su departamento. O'Neill fue encontrado con una soga alrededor del cuello. La policía aún está investigando, pero los informes preliminares apuntan a un suicidio...

Una foto de un sonriente Jake apareció en la pantalla. Era un joven con ideales, sensible, al que le dolían las atrocidades a las que estaban expuestos los animales de laboratorio. Los medios apuntaban a un posible suicidio, Rose sabía que eso era imposible. Su único error había sido meterse con Rippin, las fotos de los monos habían inundado los canales de televisión... "¿Qué pasará entonces si expongo lo de los monos transgénicos? Eso sería mucho más grave", pensó. Estaba desolada, sabía que podía ser el próximo blanco, y eso la aterrorizaba.

En la sala de reuniones del búnker, Michael, Eric, Bradley y Thomas planeaban la próxima redada. A través de una pantalla gigante, Michael señalaba las instalaciones de un moderno laboratorio.

—El laboratorio de Rippin es nuestro próximo target. Nuestro informante nos dio la evidencia que necesitábamos para proceder. Sabemos que le han insertado genes humanos a un grupo reducido de monos macacos. En la mayoría de los países, excepto en China, este tipo de experimentos son ilegales.

—Su compañía es una de las pocas en el país que se rehúsa a utilizar nuevos métodos de experimentación sin animales —acotó Bradley.

Thomas leyó el informe escrito cedido por el informante de Michael y luego expuso:

—Seis monos macacos murieron después de que se les implantó la copia del gen humano. Solo sobrevivieron cinco. Aparentemente, estos últimos resultaron ser más inteligentes que el mono promedio.

—Les importan un carajo los animales —agregó Eric.

—Bueno, toda esta crueldad en nombre de la bendita ciencia —dijo Michael.

Bradley mostró las fotos de los cinco monitos macacos trasplantados en una jaula con muñecos y una manta.

—Son unos enfermos. Esos animales deberían estar arriba de un árbol —acotó.

Michael apuntó nuevamente a la pantalla, señalando los planos del laboratorio.

—También tenemos información sobre la sala donde se encuentran los monos tratados con Tierodin. Al parecer, está protegida con rayos infrarrojos de última generación. Necesitamos encontrar con urgencia a alguien capaz de atravesarlos. Por otro lado, la buena noticia es que ya sabemos que los monos con el genoma humano están en una sala altamente secreta, a las que unos pocos tienen acceso.

—Voy a contactar a un ex acróbata del Circo del Sol, un activista proanimales en España. Yo me encargo —contestó Bradley.

El gran día de hacerle la entrevista a Rippin, finalmente, había llegado. Rose apenas quiso desayunar, se sentía frustrada y desanimada. Y es que, después de dedicar la mayor parte de su vida a la defensa de los derechos de los animales, la entrevista con Rippin hubiese marcado un hito en su carrera. Ella quería exponer ante el público la crueldad a la que eran sometidos miles de animales en laboratorios anualmente. Rippin quería realizar esta entrevista por otros motivos: condenar y castigar la acción de Animal Warrior. Por el contrario, Nick se levantó entusiasmado, sintiéndose un ganador: se había quedado con la entrevista, y ambos defenestrarían a Animal Warrior y a todos los terroristas verdes. Se subió a su nuevo auto, puso música y partió animado hacia America News. Dos cuadras antes de llegar al canal, una camioneta blanca cruzó el semáforo en rojo y lo chocó de lleno del lado del conductor. Nick quedó inconsciente y tuvo que ser asistido por una ambulancia.

La noticia del accidente no tardó en llegar al noticiero. Rose estaba en su oficina, trabajando en su computadora, cuando Christian entró hecho un trombo.

—¡No sabés lo que acaba de pasar! ¡No sabés lo que acaba de pasar! Nick tuvo un accidente de tránsito y lo están llevando al hospital. Es tu oportunidad: ahora o nunca. Jeffrey está en su despacho a punto de suspender la entrevista.

La esperanza la invadió. Por un segundo, sintió que tocaba el cielo con las manos...y mientras corría hacia la oficina de su jefe, repasaba mentalmente todo lo que le iba a decir para convencerlo.

No fue capaz de golpear a la puerta, la abrió abruptamente y le dijo:

—Por favor, no se le ocurra suspender la entrevista a Rippin. Quiero hacerla. Lo necesito. Prometo que voy a portarme bien.

Jeffrey suspiró. No tenía muchas opciones. En el fondo, sabía que ese enfrentamiento podría darle mucho rating. El mismo rating que le daban cada mañana las peleas en vivo de ella y Nick.

Rippin tomó asiento y esperó a que Christian diera la señal para comenzar la entrevista. Rose se sentó frente a él, consciente de que este era un momento crucial en su carrera. Rippin la miró con ojos incisivos. Sabía que ella había sido la periodista que había filtrado las fotos de los monos y temía que su experimento con los genes humanos pudiera salir a la luz. Rippin, astuto, estaba convencido de que Rose tenía vínculos con organizaciones animalistas y que su objetivo era exponer sus prácticas poco éticas. La consideraba una mujer valiente pero amenazante para sus negocios. El aire se cortaba con un puñal. Todos los presentes podían sentir la tensión en el ambiente. Christian dio la señal de inicio, y Rose comenzó con la entrevista.

—Buenos días a todos. Aquí estamos con Freddy Rippin, CEO de Laboratorios Rippin y propietario del criadero de perros *Beagle,* cuyo establecimiento fue recientemente asaltado por Animal Warrior y su famosa Patrulla del Rescate.

Rose se dirigió a Rippin cortésmente y sin rodeos.

—Señor Rippin, buenos días. ¿Qué tiene para decirnos al respecto?

Rippin se ajustó la corbata, aclaró su garganta. Se podía notar su nerviosismo en sus temblorosas manos.

—¡Estos terroristas verdes asaltaron mis instalaciones! ¿En qué país vivimos, por Dios? Pequeños agricultores y laboratorios han estado por años lidiando con estos criminales. Animal Warrior y su nefasta pandilla ya deberían estar detenidos. Hoy fui yo, pero mañana serán las granjas de nuestros pares que crían pollos y sus medios de subsistencia serán destruidos.

—Señor, permítame disentir con usted. Esa no es una justa comparación en absoluto. Usted no es un hombre común que se gane la vida a duras penas.

—Mire, señorita Rivers... nosotros condenamos el uso de la violencia, la intimidación y todo tipo de actividades terroristas.

—Señor Rippin, usted habla de violencia... pero ¿no cree que la experimentación con animales es, en sí misma, una industria violenta y cruel? ¿Es cierto que algunos perros son sometidos a cirugías invasivas? ¿No es doloroso para un animal romperle la mandíbula para probar implantes dentales?

Christian se regocijaba por dentro. Le encantaba ver a Rose acorralar con preguntas al entrevistado.

—El testeo en animales es necesario para el desarrollo de drogas y medicamentos, señorita... Usted va a decirme que yo podría utilizar las pruebas in vitro con órganos, cultivos y sistemas celulares en mi laboratorio... si los conoceré a ustedes... —le contestó irónicamente.

—Sí, también podría decirle que se pueden utilizar distintos organismos como bacterias, hongos, algas y plantas que podrían sustituir a animales en las investigaciones. También se me ocurre que usted podría intentarlo con piel artificial que se reconstruye partiendo de células humanas. ¿Por qué su laboratorio se rehúsa a utilizarlos? Usted mismo lo dijo públicamente en una entrevista el año pasado.

—Me rehúso a utilizarlos porque considero que se necesita saber cómo un fármaco afecta a todo un organismo completo. Que yo sepa, en este país, existe la propiedad privada y usted no tiene derecho a decirme cómo se debe trabajar en mis empresas.

—Discúlpeme, señor Rippin. Yo jamás le diría a usted cómo debe trabajar dentro de su laboratorio, usted es el que sabe. Simplemente le estoy preguntando si alguna vez barajaron la posibilidad de experimentar con estos métodos alternativos sin necesidad de abuso animal.

—Me parece que usted no me entendió. Ya le comenté por qué no los uso.

—¿Qué hay de los efectos colaterales en monos respecto a la droga Tierodin? ¿Es necesario crear un nuevo medicamento cuando ya hay muy buenos en el mercado?

Rippin hacía esfuerzos por contener su ira, respiró hondo y contestó la pregunta.

—Nuestro trabajo beneficia a la humanidad, señorita. A usted le importan los animales. Yo creo que Dios los creó para nuestro beneficio. Por eso los matamos para comer, para sacarles la piel y para testear en ellos con el fin de obtener medicamentos que nos salven la vida. Pero seguramente usted es de las que piensan que los animales deben tener los mismos derechos que los humanos. Vaya tontería...

—Experimentar con animales no tiene mucho sentido... se ha probado que sus resultados no son directamente aplicables a los seres humanos, ya que difieren considerablemente en cuanto a la anatomía, fisiología y metabolismo. Pero, señor Rippin, ¿no es cierto que su empresa recibe del Gobierno millones de dólares en subvenciones? Es decir, dinero de nosotros, los contribuyentes, para llevar a cabo estas pruebas que muchos consideran poco éticas.

Rippin le lanzó una mirada helada, pero respondió con firmeza.

—Sí, claro que recibimos subvenciones del Gobierno, y gracias a ello es que hemos contribuido a enormes avances científicos y mejorado la calidad de vida de cientos de personas. Como tantas otras empresas, señorita Rivers. Es más, le diría que la nuestra es la que más debería recibir, por la misión que estamos cumpliendo. Y todo esto siempre dentro del marco de la legalidad...

Rose lo miró escéptica y arqueó una ceja.

—¿Incluyendo su trabajo con los monos transgénicos?

A Rippin se le hinchó la vena del cuello, quiso estrangular a Rose allí mismo con sus propias manos. ¿Qué sabía ella de ese experimento? Era obvio que Jake le había estado pasando mucha información. “Por lo menos el bastardo ya está muerto”, pensó.

—China ha estado trabajando en este proyecto. Es cierto que aquí, en Estados Unidos, podría verse como una práctica éticamente cuestionable. Todo lo que hacemos en nuestro laboratorio es legal —Rippin hizo una pausa—. Si es ahí a donde usted quiere llegar.

—Debemos creerle entonces, señor Rippin...

Rippin alzó sus ojos al cielo. Estaba harto de Rose, ya que no dejaba de atacarlo constantemente. Era una piedra en el zapato.

—La gente pretende que haya más curas con menos animales. No se puede tener ambas, señorita. Los resultados sin animales distan mucho de ser confiables o eficientes. Por eso seguimos y seguiremos en esta misma línea, la de favorecer a la población con nuevas vacunas, nuevos medicamentos y más y mejores soluciones para la salud de la gente.

— Sin embargo, le repito que hoy en día existen métodos alternativos como órganos en chips, modelos computacionales avanzados, inteligencia artificial, bioimpresión 3D y ensayos clínicos con humanos, que pueden predecir mejor las respuestas humanas sin necesidad de torturar animales.

—Sé que nadie quiere ver cómo se hace una salchicha. ¡Pero ustedes, fascistas veganos, quieren darle un nombre a la misma salchicha y tratarla como una mascota! —vociferó él.

Los camarógrafos y Christian se sobresaltaron, Rose intentó mantener la calma y fingió una sonrisa.

—Gracias por su entrevista, señor Rippin. Le agradecemos su tiempo.

—Ya estamos afuera —dijo Christian.

Christian le quitó el micrófono auricular a Rippin. Él respondió con un brusco ademán.

—¿Qué demonios fue eso? ¡Vine hasta aquí para discutir lo que estos criminales le hicieron a mi empresa y usted lo que único que hizo fue atacarme permanentemente! —le reprochó a Rose—. Debería haber dado esta entrevista al señor Nick Platt y no a una fascista verde como usted.

Rose se acercó a él y le susurró al oído.

—Esto es por Jake, señor Rippin. Sé muy bien que usted fue el responsable de lo que le ocurrió.

—Usted está completamente loca, señorita.

Rippin se puso de pie, les hizo señas a sus dos guardaespaldas y se retiró del estudio insultando y murmurando por lo bajo. Rose se sentía aliviada. Lo había expuesto públicamente y sabía que esto podría traerle consecuencias, pero era parte de su compromiso activista. Estuvo mucho tiempo investigando alternativas al testeo con animales y sabía perfectamente de lo que hablaba. Había leído que la Universidad de Oxford y una farmacéutica habían desarrollado un software original que predecía el riesgo clínico de efectos secundarios para el corazón inducidos por medicamentos con mayor precisión que los experimentos con roedores, conejos, perros y monos.

En la cama del hospital, Nick terminaba de mirar la entrevista por televisión. Se sentía molesto, frustrado y le dolía todo el cuerpo. Tenía la pierna enyesada y dio un golpe de puño a la mesa de luz, maldiciendo al conductor que lo había chocado. Sin embargo, su frustración se intensificó cuando leyó los comentarios en las redes sociales que apoyaban fervientemente a Rose y difamaban a Rippin.

A pesar de su descontento con el tono de la entrevista, Jeffrey no podía negar que había sido un éxito rotundo y que había batido récords de audiencia. Tomó su celular y, al igual que Nick, pudo leer los intensos debates que se generaron en línea. Para su sorpresa, encontró que Rose tenía más adeptos que Rippin. Los comentarios maliciosos hacia el empresario sorprendieron a Jeffrey, por lo que este optó por no reprender más a Rose, dejándole así libertad de accionar frente a cualquier otro posible entrevistado. Esto ocurría cuando Christian irrumpió en la oficina junto con dos agentes del FBI. Uno de ellos era John Keith. Ambos se presentaron y le mostraron a Jeffrey las placas de identificación. Jeffrey salió del estado de ensoñación con una cachetada que le daba la realidad. "¿Qué hacen dos agentes de la ley en el canal?", pensó.

—Necesitamos hablar con la señorita Rose Rivers... —le dijo Keith.

Jeffrey miró con preocupación a Christian y le pidió que escoltase a los agentes a la oficina de Rose. ¿En qué lio se había metido ahora su periodista estrella?

Sentada frente a ellos, Rose escuchó a Keith atentamente.

—Animal Warrior y su Patrulla están bajo investigación federal. Sabemos que usted es la persona que recibe los videos de las redadas. También tenemos información de que usted fue, hace unos años, un miembro activo de Liberación Animal.

Rose se acomodó en su sillón e intentó tomarse las cosas con calma.

—Su conclusión no es la correcta, agente. Primero, debe saber que todos los videos son enviados de forma anónima tanto al canal como a las redes. Y sí, yo he filmado una redada de animales, pero como periodista, no como activista animal. A partir de la misma noche en que mi novio fue asesinado, dejé de estar de acuerdo con la acción directa. Considero que es una actividad muy noble, pero peligrosa. Así que no tengo nada que ver con Animal Warrior y su Patrulla del Rescate.

John Keith le entregó su tarjeta personal.

—¿Sabe usted quién es Animal Warrior?

—No. Pero si usted lo averigua, hágamelo saber. Me encantaría hacerle una entrevista.

John Keith esbozó una leve sonrisa. Si ella supiera que él fue el agente que lo dejó escapar...

Esa noche Rose se dejó caer exhausta en la cama. Con Panther a su lado, tomó su notebook y empezó a buscar fotos del famoso héroe de animales. La imagen de ese hombre enmascarado la intrigaba más que nunca. Se detuvo en una imagen de su rostro encapuchado y se perdió en esos enormes ojos azules. "¿Quién sos, Animal Warrior?".

ARTHUR & PINKY

En la sala de reuniones del búnker, Michael daba las instrucciones para el atraco al laboratorio. Bradley, Thomas y Eric lo escuchaban atentamente. La pantalla de televisión dividida en dos mostraba la imagen de Rippin y las instalaciones del laboratorio.

—En quince días tomamos el lugar. Van a colaborar en la redada Freedom for Animals, Saving Animals y Bite Back Organization — expresó Michael.

—Ya hicimos contacto con cada uno de ellos y tenemos todo coordinado. Ya están preparándose —le dijo Eric.

Michael se dirigió a Bradley.

—Necesitamos a alguien experto capaz de atravesar los rayos infrarrojos. ¿Qué pasó con el acróbata que tenías que ubicar?

— Desgraciadamente, se está recuperando de una cirugía de rodilla. Sigo buscando.

—Si no encontramos a nadie que esquive los rayos, vamos a tener que posponer la misión —dijo Michael.

Todos asintieron, preocupados.

En las oficinas del FBI, las cosas no estaban saliendo bien para el inspector Sams.

—Usaron botas muy comunes como para rastrear. No tenemos nada —comentó decepcionado.

Los agentes Perry, Stone y John Keith volvieron a mirar el video de la redada de los perros *Beagle*.

—Son muy buenos —dijo el agente Stone.

—Estos tipos saben lo que hacen, pero no se saldrán con la suya para siempre —acotó Sams, ajustándose la corbata.

Mientras tanto, sentado en un banco de la vereda de la veterinaria, Arthur intentaba darle de comer a Pinky, pero la perra no probaba bocado.

—Pinky... por favor. No quisiste comer nada en los últimos dos días. ¿Qué te pasa?

Pinky lo miró con ojos tristes y se echó a dormir. Era evidente que la perrita no se sentía bien. Arthur la acarició y se quedó pensativo.

En la sala de examen, Michael terminaba de chequear unos resultados de laboratorio en la computadora. Golpearon a la puerta, Rose entró.

—Buenos días, doctor Green —le dijo ella sonriente.

A Michael se le iluminó la cara.

—Vine a comprar comida para Panther y quise entrar a saludarte.

Panther saltó de los brazos de Rose a los hombros de Michael. El gato lo abrazó y clavó fijo sus ojos verdes en su héroe. Ambos se quedaron en silencio mirándose unos segundos. Michael pudo sentir el amor y el respeto de Panther hacia él. Rose quedó sumamente sorprendida por lo que su gato acababa de hacer. Panther no solía hacer esas demostraciones de afecto. Segundos después el gato saltó y caminó a sus anchas por la sala. Michael notó a Rose diferente, algo le había pasado.

—¡Qué linda sorpresa! ¿Qué te parece si cenamos esta noche en el santuario? Podés venir con Panther, si querés.

Rose lo miró con los ojos empañados. Devorada por la angustia, rompió en llanto. Estaba abrumada por la tristeza y el estrés.

—Perdoname... tuve una semana tremenda...

—Bueno, si querés lo dejamos para otro día. ¿Estás bien?

Michael se estremeció. La vio tan débil, tan indefensa. La abrazó fuerte.

—¿Qué pasó? ¿Alguien te hizo algo?

Rose necesitaba hablar con alguien de lo sucedido, aunque recién conocía a Michael, le inspiraba confianza, se sentía segura y protegida cuando estaba a su lado.

—Jake era mi fuente, mi informante dentro del laboratorio. Y ahora está muerto. Me siento tan culpable —le dijo y se soltó y se secó las lágrimas— le hice una entrevista a Rippin y perdí el control. Tengo miedo por mi vida.

—Tranquila, no se van a meter con una periodista — intentó calmarla.

Rose se había desahogado, pero no se sentía mejor. Rachel se asomó a la puerta y los interrumpió.

—Doctor Green, la familia Fisher lo espera en el consultorio.

—Perdón, Michael. Vine acá a contarte mis problemas y vos trabajando... y, sí, hoy nos vemos en el santuario.

Rose le dio un beso de despedida dejando a Michael preocupado y temeroso por su seguridad. Él sabía que Rippin era capaz de hacer cosas terribles, incluso con alguien tan conocido como ella. A pesar de su estatus como periodista famosa, Michael sabía que la vida de Rose estaba en peligro. Su mente se llenó de posibles escenarios aterradores. Buscaría ayuda en Bradley. Ella necesitaba protección.

La presencia de varias personas con sus mascotas no impidió que Arthur irrumpiera llorando angustiosamente con Pinky en brazos. Pinky apenas podía levantar la cabeza. Enseguida Rachel se acercó a él.

—¿Qué le pasa a Pinky, Arthur?

—Mi Pinkita... hace dos días que no quiere comer, creo que está muy enferma... apenas puede ponerse en pie y tiene la pancita muy hinchada —le comentó muy acongojado—. Ella es todo lo que tengo...

—Vamos, acompañame a la sala de examen —le dijo ella y, a continuación, él la siguió.

Ambos entraron a la sala, Rachel tomó a Pinky en brazos y la subió a la mesa de exámenes.

—Ya aviso a los doctores.

Minutos más tarde Thomas se hizo presente y le realizó a Arthur una serie de preguntas.

—¿Qué le pasa a la perra, Arthur?

—Hace días que no come... no tengo dinero, doctor —le respondió un poco cohibido, ya que a Thomas no le tenía la misma confianza que a Michael.

—No se preocupe por eso ahora. No vamos a cobrarle.

Thomas palpó el abdomen distendido de Pinky. —¿Pinky está castrada?

—No, doctor. El doctor Green siempre se ofreció a operarla, pero nunca quise que pasase por una cirugía.

—¿Cuándo fue su último celo?

—Creo que lo tuvo hace dos meses. Sí, sí, dos meses —respondió Arthur.

—¿Te llama la atención la cantidad de agua que está tomando?

—Sí, vive con sed, está desesperada por tomar agua. Pero no quiere comer.

—¿Con cuanta frecuencia orina? —le preguntó Thomas.

—Hace pis todo el tiempo.

—Presumo que puede ser una piometra de cuello cerrado, Arthur. Vamos a necesitar hacerle una ecografía y unos análisis de sangre para confirmar un diagnóstico definitivo.

Abrumado por la situación, Arthur asintió sin hacerle preguntas y, cuando vio a Thomas alejarse con Pinky en brazos, se deshizo nuevamente en llanto. Rachel, siempre a su lado, le brindó apoyo emocional.

—¿Qué es una piometra? ¿Pinky puede morirse, Rachel?

—Es una infección en el útero, pero eso tiene solución con una cirugía. No se preocupe, Michael y Thomas realizan ese tipo de cirugías con frecuencia.

—¿Puede llamar al doctor Green? Querría hablar con él.

—Sí, claro. Ahora está atendiendo al hurón de la familia Fisher. Apenas termine le digo que venga a hablar con usted —le contestó Rachel y, enseguida, salió a buscarlo.

Rachel White trabajaba en la clínica desde el primer día. Sus padres nunca la habían dejado tener una mascota, sin embargo, para llenar ese vacío, a los quince años comenzó a hacer voluntariado en distintos refugios de animales. Su sueño era ser veterinaria, pero un embarazo precoz le impidió concretar sus estudios. Rachel estaba separada, tenía dos hijas. Era feliz con ellas, sus dos perros rescatados y tres gatos.

Minutos después, Michael apareció en la sala, se sorprendió al ver a Arthur tan triste, tan vulnerable. Ese no era el hombre gruñón y malhumorado que solía ver todos los días en la entrada de la veterinaria.

—Arthur, Thomas me tiene al tanto de todo. Ahora le está realizando a Pinky unos estudios. Quiero que estés tranquilo.

—La noto muy enferma. ¡Por favor, sálvemela! No tengo dinero, pero podría pagarle con mis servicios. Haré lo que sea, doctor.

La oferta de Arthur alegró a Michael. Durante mucho tiempo había intentado sacarlo de las calles, ofreciéndole trabajo en el santuario, pero este siempre se negaba rotundamente.

—Ya hablaremos de eso más tarde.

Arthur asintió. Confiaba en Michael más que en ninguna otra persona.

—Quiero que la opere usted, por favor. Ella es mi mundo.

—Yo voy a operarla. Haré todo lo que esté a mi alcance para que Pinky esté bien.

La ecografía había diagnosticado lo que Thomas confirmaba: Pinky tenía una grave infección en el útero. Michael sabía que la vida de Pinky estaba en sus manos. La cirugía de una piometra era riesgosa y el cirujano debía de tener especial cuidado en que el contenido del útero infectado no saliera hacia el abdomen, puesto que este va cargado de bacterias, con riesgo de causar peritonitis y un shock séptico que derivaría en la muerte del animal. Dos horas más tarde, Pinky fue llevada a la sala de operaciones. Se le administraron las medicaciones, se la sedó y anestesió. Acto seguido, Michael realizó una incisión amplia en el abdomen de la perrita. Una vez identificada la ubicación del útero, comenzaron con la extirpación con gran paciencia y delicadeza.

—Pocas veces vi un útero tan distendido —le comentó Thomas.

—Sí, —le contestó Michael—, está muy friable y se puede desgarrar fácilmente.

De repente, se escuchó la alarma del monitor. *¡Beep, Beep!* La frecuencia cardíaca, la respiración y la saturación de oxígeno estaban disminuyendo.

—Está haciendo un paro —dijo Thomas mientras cerraba rápidamente la anestesia y, acto seguido, comenzó a bolsear para darle oxígeno a los pulmones.

La vida de Pinky pendía de un hilo. A pesar de que ella no podía escucharlo, Michael continuaba con la extirpación y la animaba.

—Vamos chiquita... respirá, sé fuerte.

Ajeno a la frágil situación de Pinky, Arthur esperaba ansiosamente noticias en la sala de espera. Se aferraba a un pequeño osito de peluche que le había comprado el mismo día que la encontró solita vagando por las calles. El muñeco lo reconfortaba haciéndolo sentir que Pinky estaba cerca de alguna manera. Nunca imaginó que la posible pérdida de su fiel compañera lo asustase tanto. Arthur había decidido aislarse del mundo, del sistema, de sus amigos y conocidos. Pinky era lo único que le quedaba, con ella conversaba, iba al parque, se acurrucaba por las noches... Era el único ser que le despertaba ternura y amor incondicional. Rachel tomó asiento a su lado, le ofreció un refresco, pero él se negó.

—El doctor Green es un excelente veterinario. La va a salvar. Lo sé.

Arthur asintió con sus ojos arrasados en lágrimas. Cada tanto miraba nerviosamente la puerta, esperando a que Michael se acercase y le dijese que la vida de su compañerita ya no corría peligro.

Minutos después Thomas logró estabilizarla. Michael extirpó, finalmente y con éxito, el útero y los ovarios de Pinky mientras Lily le chequeaba los parámetros.

—¡Lo hicimos, Pinky! —exclamó Michael, aliviado.

Michael y Thomas se hicieron un choque los cinco con las manos.

—Hicimos un buen trabajo, mi amigo —exclamó Michael.

Recostada sobre un acolchado y con una máscara de oxígeno, Pinky se recuperaba y descansaba plácidamente después de la cirugía.

Michael entró a la sala de recuperación acompañado de Arthur. Él se acercó al canil y le acarició una de las patitas. Pinky pudo sentir la presencia de su dueño. Abrió sus ojos color café y lo miró con amor.

—Te amo, mi Pinkita —le dijo él, emocionado.

—Pinky va a necesitar reposo y antibióticos. Pasará las próximas dos noches en la clínica, así podremos monitorearla las veinticuatro horas.

Arthur se emocionó y una lágrima rodó por su arrugada mejilla. Segundos después abrazó a Michael en agradecimiento.

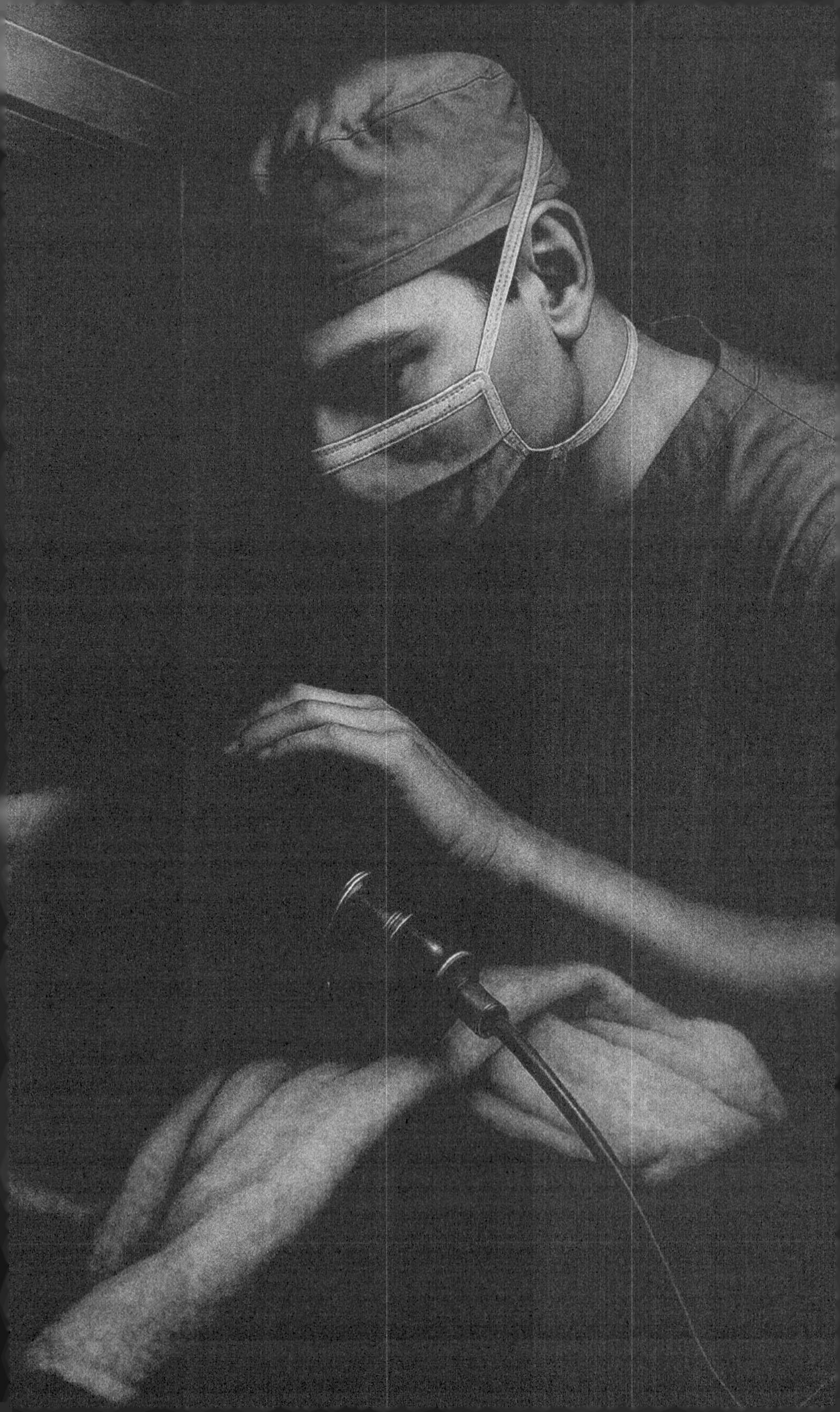

—Gracias, muchas gracias. No sé cómo puedo pagarle por lo que hizo por ella.

—No es bueno que Pinky vuelva a las calles y vos tampoco. Tengo un trabajo para ofrecerte. Quiero que te instales en el santuario y cuides de los animales recién llegados.

A Arthur le entusiasmó la propuesta, le gustaban los animales y le atraía la idea de cuidarlos. Él les daría el mismo amor que le daba a Pinky. Los últimos años de su vida habían sido muy duros, de mucha tristeza y soledad. "Tal vez es una oportunidad que me está dando la vida", pensó.

Juntos caminaron hacia el auto de Michael.

—Suena a un buen trato —le contestó Arthur.

—Va a gustarte.

Arthur siguió a Michael por los pasillos del santuario. Juntos entraron a un cuarto amplio, moderno, luminoso.

—Este será tu cuarto. Espero que te guste.

Los ojos de Arthur escanearon el lugar: baño en suite, televisión, una laptop en un escritorio y un gran ventanal que daba al frondoso y colorido jardín.

—Esto es un hotel cinco estrellas para mí, doctor... No tengo más que agradecimiento. ¿Sabe hace cuánto que no duermo en una cama limpia y calentita?

Michael le sonrió y le señaló el placard.

—Allí tenés algo de ropa.

Arthur sostenía su valija negra con fuerza. Michael seguía preguntándose qué tendría dentro de ella. "¿Serán sus cosas personales, papeles importantes?"

—¿Cuándo empiezo a trabajar? —preguntó Arthur entusiasmado.

—Brad y George, los veterinarios del santuario, te darán todas las indicaciones. Ayer ingresaron dos cabritos bebés. Te ocuparás de darles la mamadera y de cuidarlos durante el día.

—Genial —le respondió con una sonrisa—. Pinky podrá dormir conmigo, ¿no es cierto?

—¡Por supuesto! En este lugar mandan los animales. Y podés tutearme y decirme Michael.

—Me has devuelto un pedazo de mi alma, Michael. Ojalá haya en este mundo más personas como vos. Digo esto porque hay cosas que hice en mi vida de las cuales no estoy orgulloso...

—Siempre se puede empezar de nuevo.

Michael le dio unas palmadas en la espalda y se retiró.

LA REVELACIÓN

Michael seguía preocupado por la seguridad Rose. Estaba convencido de que Jake O´Neill había sido asesinado por Rippin y temía que ella fuera la próxima víctima. Después de todo, Jake había filtrado información sobre los experimentos, y Rose la había difundido en los medios. Por eso le pidió ayuda a Bradley, y ambos acordaron que él mismo sería quien la protegería. Comenzó a seguir a Rose discretamente todas las tardes, estacionándose frente a America News y asegurándose de que ella llegara a salvo a su casa. Michael se sintió un poco más tranquilo al saber que ella estaba bajo la protección de su amigo marine. Tras la violenta muerte de Edward, Rose nunca volvió a rehacer su vida sentimental. Se refugió en su trabajo y en Panther. Nunca más había podido amar. Sabía que el amor llegaba sin avisar, se metía en el cuerpo, atravesaba y sorprendía. Eso le había pasado con Michael. Le encantaba, lo amaba, aunque apenas lo conocía. Con ganas de compartir otro momento con él, se puso su vestido favorito, el perfume nuevo que se había comprado, le colocó el arnés a Panther y salió entusiasmada al encuentro con Michael Green.

El guardia de seguridad le abrió el portón; ya la conocía. Rose entró a la recepción del santuario y uno de los veterinarios la escoltó hasta el loft de Michael, ubicado dentro de las mismas instalaciones. Rose lo esperó en el pasillo mientras Panther rondaba a su alrededor. De repente, el gato se detuvo frente a una puerta entreabierta y casi imperceptible a su derecha. Intrigado, Panther examinó la puerta con atención, tratando de descubrir qué había detrás. Entró, y Rose lo siguió. Bajaron por unas escaleras. "¿A dónde llevará esta escalera?", se preguntó. Al llegar al último escalón, escaneó el lugar; no sabía que se encontraba en la sala de reuniones del mismísimo búnker de Animal Warrior. El que sí sabía era Panther, que caminaba con confianza, como si estuviese en su territorio. Rose se adentró en la sala, y varios cuadros grandes de personajes históricos colgados a lo largo de la pared captaron su atención. "Seguro son personas a las que Michael admira", pensó.

Lo primero que vio fue un cuadro del fraile y teólogo italiano del siglo XIII, San Francisco de Asís, conocido por su profundo amor y respeto por la naturaleza y los animales. Rose sabía que San Francisco consideraba a todas las criaturas de la Tierra como hermanas y hermanos, y creía que todos los seres vivos compartían una conexión divina. Luego, sus ojos se posaron en el retrato de un hombre mayor, canoso, vestido con levita negra. Reconoció al filósofo inglés Jeremy Bentham (1748-1832) y se acordó cuando leyó su libro *Los principios de la moral y la legislación*, donde este abordó el tema animal. A Rose le habían fascinado unas frases que, incluso hoy, seguían siendo relevantes "La cuestión no es si los animales pueden razonar ni si pueden hablar, sino si pueden sufrir". Se quedó contemplando el lugar. No lograba entender por qué Michael tenía un búnker debajo de su santuario. Fascinada, continuó recorriendo los cuadros hasta encontrarse con una frase estremecedora y brutal: "En su comportamiento con las criaturas, todos los hombres son nazis, para los animales esto es un eterno Treblinka". La frase estaba escrita debajo de la imagen de un hombre calvo, de mirada serena y anteojos de marco negro.

Edward, su exnovio, había sido un ferviente admirador de Isaac Bashevis Singer (1903-1991). Este escritor judío y premio Nobel de Literatura en 1978 había nacido en Polonia y se había radicado en Nueva York en 1935 huyendo de los horrores del Holocausto. Edward solía decirle que, en sus libros, los héroes defendían los derechos de las mujeres, los homosexuales y los animales. Junto a él, colgaba el retrato del filósofo contemporáneo Peter Singer. Rose era su más fiel admiradora y había leído varias veces el famoso libro *Liberación Animal*, considerada para todos los animalistas, la Biblia de los animales. Ese libro había marcado su vida para siempre. Siguió recorriendo la sala y vio una pantalla enorme de televisión, un dron arriba de la mesa, sillones, y una biblioteca con varios libros e informes. Mientras avanzaba, no dejaba de preguntarse: "¿Qué es todo esto?". Panther le maulló y la miró como diciendo: "Vos seguime, hay algo que te quiero mostrar". Rose confiaba en su gato, era inteligentísimo, así que lo siguió por un ancho pasillo del que se abrían varios cuartos. Panther pasó por los baños, los distintos dormitorios, la sala de cirugía... hasta llegar a la sala de equipamientos. Allí, Panther se detuvo, la miró fijo y soltó un maullido. Segundos después, se internó en la sala y Rose, intrigada, fue tras él. Quedó boquiabierta al ver estanterías repletas de pistolas y rifles con dardos tranquilizantes... herramientas de todo tipo: palancas, martillos, pinzas, tenazas, guantes, cajas de dardos tranquilizantes, binoculares, radios... parecía una despensa militar. Abrió la puerta del armario y vio uniformes de color verde oscuro colgados, cada uno con el logo de una cabeza de ciervo en el pecho... Alzó su vista, en las paredes pudo observar varias fotos de redadas y de animales rescatados en brazos de hombres enmascarados. Una de las imágenes captó su atención: era un primer plano de Animal Warrior con su máscara. Esos ojos azules que la miraban la estremecieron. "Esos ojos... los conozco", pensó estremecida.

Inmediatamente se dio cuenta de que ese hombre que tanto le gustaba era también su héroe favorito: Michael era el mismísimo Animal Warrior. Una máscara estaba sobre uno de los estantes. La tomó y la tocó para dejarla nuevamente en su lugar. Quiso morirse. "No puede ser... no puede ser él. Tiene que ser un error. Ya perdí a Edward. No puedo volver a enamorarme de alguien que arriesga su vida en redadas. Lo admiro tanto... ¿y si le pasa algo? No soportaría volver a pasar por ese dolor".

De repente, escuchó unos pasos que se acercaban... se dio vuelta, era Michael.

—Vos sos...

Michael apuntó a la foto de primer plano.

—Ese soy yo: Animal Warrior. Ahora conocés mi secreto.

Una oleada de admiración, confusión y temor se apoderó de ella. Rose le temía a las redadas; en una de ellas había perdido al que entonces era el amor de su vida. Se quedó en silencio. Debería sentirse feliz... pero no era así.

—Me estaba empezando a gustar a estar con vos... pero ahora esto lo cambia todo. Lo siento... no puedo.

Panther no pensaba igual. Saltó hacia los brazos de Michael, lo lamió en la cara y después saltó hacia los brazos de Rose.

—Eso pensé —le contestó él con resignación.

—No quiero saber más nada con ninguna redada.

— Lo sé. Todo esto es por Edward. Para nosotros, él es un héroe. Quiero que sepas que él siempre ha sido una gran inspiración en mi vida —le dijo él con ternura.

Rose se quebró, rompió en un llanto desconsolado, sus ilusiones habían estallado en mil pedazos.

—El FBI podría atraparte en cualquier momento. Tenés que parar con esto. Hay otras formas de ayudar a los animales —le suplicó ella.

—He probado todas. Creéme que lo he intentado. He tratado cientos de veces de educar a la gente acerca del maltrato animal. Muchos no quieren escuchar. Esta es mi manera de luchar para que lo hagan.

—Acabo de entrevistar a Rippin. Es un hombre frío y perverso. Es el tipo de persona que no dudaría ni un segundo en mandarte a matar.

—Entonces, rezá por mí porque nuestro próximo target es su laboratorio. Apenas encontremos a alguien capaz de esquivar los rayos infrarrojos, estaremos listos para entrar.

Rose meneaba la cabeza. Se sentía tan frustrada, tan desgraciada. Estaba tan entusiasmada con este nuevo amor.

—Te deseo la mejor de las suertes, Michael.

Bruck y Miuka entraron en la sala. Rose los acarició mientras ambos le movían sus colas.

—Espero que mantengas todo esto en secreto —le pidió Michael.

—¡Qué ironía! Todo el mundo se pregunta quién es Animal Warrior... esta podría ser la historia más importante de mi carrera.

Michael apenas esbozó una sonrisa. No sabía por qué, pero confiaba en ella ciegamente.

—No se trata de mí —dijo señalando a Panther y a los perros—. Se trata de ellos.

Rose esbozó una leve sonrisa y se marchó.

Ya era de noche cuando Rose llegó a su departamento e, invadida por la desilusión, se dejó caer en el sillón. Abrazó a Panther mientras se secaba las lágrimas. ¿Cómo Michael y Animal Warrior podían ser el mismo hombre? ¿Cómo ella podía tener tanta mala suerte? Esas malditas redadas se habían llevado a Edward. ¿Y si se lo llevaban a Michael también? Los rescates ilegales eran peligrosos, riesgosos, muchas veces violentos. Guardias, matones, mafiosos protegían a los maltratadores de animales. Había un sistema legal que esclavizaba a los animales. Había un sistema legal que los oprimía. A nadie le importaba. Solo a los locos ecologistas, a esos ridículos animalistas que protegían la vida y la dignidad de seres que no piensan ni hablan. Pero seres capaces de sentir dolor. Abrió su laptop y googleó las palabras: "experimentación de monos en laboratorios". Y se encontró con unas imágenes dantescas: nueve monos muertos apilados en un tacho de basura, monitos bebés gimiendo de dolor... monos con la mirada triste en jaulas de metal... Se debatía entre su doloroso pasado y el fuerte deseo de ayudar a estos pobres animales. Se sentía tan agobiada, tan deprimida. Se acordó de la fría mirada de Rippin. Se acordó de Jake... Panther dormía cómodamente sobre su regazo. Rose pudo ver cómo su gatito descansaba plácidamente sobre su falda. La conmovió saber que él no sabía nada acerca de la maldad humana. Panther siempre había sido feliz. Era un animalito amado, cuidado, bien alimentado. Jamás había experimentado terror, dolor o abandono. Y pensó que no todos los animales corrían con esa misma suerte.

—Juntos hasta el final —le susurró mientras lo acariciaba.

Entonces tomó su celular e hizo una llamada.

—¿Christian? ¿Podés hablar?

En la sala de equipamiento, Christian observaba el lugar con fascinación. Se acercó al estante donde estaban dispuestos los rifles tranquilizantes.

—¿Puedo? —le preguntó a Michael tímidamente.

Michael asintió con la mirada. Christian tomó uno de los rifles.

—Usamos tranquilizantes de acción rápida para noquear a los guardias. Estos permanecen inconscientes durante cuarenta y cinco minutos, el tiempo suficiente para entrar y sacar a los animales.

Christian apuntó como jugando. Se sentía como un chico en un parque de diversiones.

—Unos años atrás trabajé como voluntario en un refugio de animales, pero nunca participé en redadas.

—Sí, lo sabemos. Chequeamos tus antecedentes. Incluso sabemos que sos vegetariano —le contestó Michael mientras le entregaba un uniforme de Animal Warrior.

Christian lo tomó, lo miró con orgullo y felicidad.

—¡Gracias! Parece ser de mi talle.

Luego se probó las botas militares.

—Somos un equipo bastante reducido y necesitamos de tus habilidades acrobáticas. Cada uno de nosotros tiene contactos con diferentes organizaciones de animales. Actuamos como distintas células.

Las botas le calzaban como un guante. Después se probó la máscara y un par de guantes gruesos.

—¿Cómo es que se organizan?

—Bradley tiene contactos con Freedom for Animals quienes son los que se encargan de reubicar a los animales rescatados en casas de familia o santuarios. Digamos que ellos hacen el trabajo previo a la redada. Eric es el que contacta a Saving Animals, y ellos son quienes nos esperan en el campus y transportan a los animales que rescatamos nosotros: la break-in-unit. A su vez, Thomas se contacta con Bite Back Organization. Los llamamos cuando necesitamos refuerzos para incursiones más grandes y nos ayudan en el mismo rescate —le contó Michael.

Luego Michael le hizo entrega de un celular seguro e imposible de rastrear.

—Es un boeing smartphone. Los usamos para comunicarnos entre nosotros.

Christian lo observó sorprendido.

—¿Estos no son los celulares que usan en el ejército?

—Sí, y es importante llevarlo a las redadas en caso de que te conviertas en un fugitivo, ya que son imposibles de hackear y rastrear.

Christian lo escuchaba atentamente, no podía creer formar parte de este famoso grupo clandestino.

—Somos un ejército silencioso y secreto, infiltrado en gobiernos, farmacéuticas, zoológicos, granjas de pieles, acuarios...

Christian no llegaba a entender cómo tanta gente era capaz de mantener en secreto la identidad de Animal Warrior.

—¿Pero toda esta gente sabe que vos, Michael Green, sos el Animal Warrior?

—No, solo las personas que están en un lugar de mucho poder, mis colegas del santuario y Thomas, Eric y Bradley, por supuesto. Creo que mis padres y mi secretaria lo intuyen, pero hay cosas de las que no se habla. Sospecho que es un secreto a voces.

Ambos soltaron una risa cómplice.

—¡Me siento tan honrado! Realmente, muchas gracias — le dijo Christian con una sonrisa luminosa.

—¿Estás seguro de que querés hacer esto? —le preguntó Michael.

—¿Estás bromeando? ¡Este es el mejor momento de mi vida! — respondió con una sonrisa radiante.

LA GRAN REDADA

La noche de la gran redada había llegado. En la sala de equipamiento se respiraba emoción, pero el riesgo de una misión de estas características se reflejaba en los rostros serios de cada uno de ellos. Concentrados, repasaban mentalmente los pasos a seguir, el plan no podía fallar. Michael se preguntaba si los guardias estaban dispuestos a matar. Su respuesta era siempre la misma: sí. También la posibilidad de terminar en la cárcel estaba latente. Todos lo sabían. Pero ellos iban por todo. Por todos esos animales enjaulados y torturados por los científicos de Rippin. Tenían miedo, ansiedad, incertidumbre, pero nada de eso los frenaba. Thomas, Bradley, Eric y Christian tomaron uno a uno los rifles y pistolas con dardos tranquilizantes. Michael les recordó los riesgos que implicaba una misión de rescate.

—Esta es una misión desinteresada que conlleva el riesgo de arresto, encarcelamiento, lesiones y posible muerte.

Mientras tanto, y casi al unísono, todos se pusieron los guantes. Luego, Bradley colocó una palanca, un taladro eléctrico y un martillo en su mochila, mientras Thomas tomaba su radio y Eric, su cámara de filmar.

—Recuerden: no llevamos armas ni hacemos daño innecesario a los guardias, a menos que nuestra propia vida esté en riesgo. Incluso, entonces, usamos los dardos para noquearlos.

Christian puso unas pastillas de gas en su mochila y, después, cada uno de ellos guardó su máscara y las linternas frontales para visión nocturna. Michael continuó:

—¿Pudieron despedirse de sus familias, por si les toca pasar un tiempo en la cárcel?

—Sí —respondieron al unísono.

Thomas se las rebuscó para esconder su arma de fuego dentro de su mochila.

—Vamos, entonces —les dijo Michael.

Rose se sentía ansiosa y miraba su reloj con impaciencia. Sabía que Michael ya se estaba dirigiendo hacia el laboratorio de Rippin. Se recostó en la cama y cerró sus ojos. El recuerdo del sonido de una balacera la estremeció. Recordaba el mismo instante en que una de esas balas había acabado con la vida de Edward. Sintió un punzón en el pecho. Se levantó y se dirigió hacia el armario. Mezclado entre su ropa había un uniforme militar. Lo tocó y las imágenes de esa fatídica noche le volvieron a la mente una vez más. Esa había sido la última redada en la que participó en su vida. “Manchas de sangre de perros de pelea en el medio de un ring. Un grupo de activistas enmascarados, vestidos con uniformes color negro, se marchaban con dos perros heridos en camillas, mientras dos pandilleros atados y maniatados los miraban impotentes. Rose, enmascarada, filmaba todo con su cámara. Un pandillero la observaba escondido detrás de la columna. Edward, también enmascarado, le dio señas de que ya era hora de abandonar el lugar. Rose lo siguió hacia la puerta de salida, en ese preciso instante el pandillero salió de su escondite y les disparó por detrás. *¡Bang! ¡Bang!* Edward la tomó de la mano y aceleraron a toda velocidad, pero el pandillero continuó con los disparos. Edward cayó herido al suelo. Rose se detuvo a socorrerlo. Del pecho de Edward, salía sangre a borbotones. Un tercer activista se hizo presente al escuchar los disparos y apuntó con su rifle de dardos al pandillero, que cayó somnoliento al suelo. Se acercó a Edward, le chequeó el pulso e hizo una llamada de emergencia. Rose, invadida por el pánico, apenas podía contener la respiración, se arrancó la máscara y con los ojos estallados en lágrimas, le quitó la máscara a Edward y, gritando, le rogaba:

—No me dejes, no me dejes, amor mío.

—Prometeme que no se van a salir con la suya...

Rose, no lo escuchaba, solo le pedía a Edward que no se fuera.

—La ambulancia está por llegar. Quedate conmigo, no cierres los ojos... por favor, por favor, no me dejes, te amo tanto, no te vayas...

Edward a duras penas levantó su mano ensangrentada, la apoyó sobre la mejilla de Rose, quería sentir su piel por última vez. Juntó fuerzas para hacerle una pregunta.

—¿Los perros?

—Los liberamos.

Se miraron a los ojos sabiendo que se venía el final, él esbozó una pequeña sonrisa de paz y susurró:

—Entonces, valió la pena.

Edward dio su último suspiro, Rose se abalanzó sobre él y no tardó en sobrevenir un grito desgarrador".

Una parte de su vida se había ido con él. Movilizada por los recuerdos, pero con una tremenda fortaleza, Rose sacó de la percha el uniforme militar negro, el mismo que llevaba esa noche fatal. "Esto lo hago por los animales que ya no pudiste rescatar", pensó angustiada pero convencida de lo que estaba a punto de hacer.

Mientras tanto, Michael, Thomas, Eric, Bradley y Christian estacionaron a pocos metros del laboratorio. Dos camionetas más se estacionaron detrás de ellos. Una era de los miembros de Bite Back Organization y la otra, de Saving Animals, la organización encargada de trasladar y reubicar a los monos en santuarios. Michael, la Patrulla y cinco miembros de Bite Back descendieron de las camionetas y se adentraron en las inmediaciones del laboratorio.

—En cinco minutos los tres guardias empezarán su control de rondas de vigilancia alrededor de todo el perímetro. ¡Vamos! —arengó Michael.

Se dispersaron alrededor de las inmediaciones del laboratorio. Un par de árboles bordeaban el perímetro que rodeaba al edificio. Tal como estaba previsto, los tres guardias uniformados patrullaban en sus rondas nocturnas. Michael se escondió sigilosamente detrás de un árbol, dejó pasar al primer guardia y le arrojó un gas somnífero a los pies. Mareado, este se desvaneció y cayó al suelo en unos minutos. Bradley aguardaba al segundo guardia en la parte trasera del edificio. Cuando pasó frente a él, le disparó un dardo tranquilizante en el hombro y se desvaneció en pocos segundos. Un miembro de Bite Back le arrojó un gas somnífero al tercer guardia, que cayó al suelo unos minutos después. Mientras tanto, Eric lograba desactivar desde su Tablet el sistema de alarmas. Michael ya tenía la zona despejada para ingresar.

—Corten alambres —les ordenó a través de su radio portátil.

Con sus tenazas corta-cadenas, los activistas abrieron boquetes en el cerco perimetral. Ya estaban adentro. En la sala de vigilancia de la planta baja, el jefe de seguridad vio en el monitor a los tres guardias desmayados. Inmediatamente, alertó a los demás guardias por el *walkie-talkie*. En el ínterin, Michael, su Patrulla y los de Bite Back se dirigieron a la parte posterior del edificio para entrar por una ventana trasera que daba a un sótano. Enseguida fueron sorprendidos por dos guardias que los apuntaron con armas.

—¡Manos en alto o disparamos! —dijo uno de ellos.

Sin vacilar, Christian dio un salto mortal hacia uno de ellos, le rodeó el cuello con las dos piernas para ahogarlo. El guardia cayó desmayado al suelo. El segundo guardia, totalmente sorprendido por lo que había visto, se distrajo, y Michael aprovechó la oportunidad para abalanzarse sobre él e inyectarle un dardo tranquilizante en el hombro. Con los dos guardias neutralizados, Bradley forzó la ventana con una palanca y todos irrumpieron en el laboratorio con éxito. Ya en el sótano, Michael dio las órdenes.

—Los animales están en el primer piso, vamos.

Michael y los activistas se desplazaban rápido por los pasillos del primer piso, mientras Christian, ágil, iba dando saltos y tapaba las cámaras de seguridad con cinta adhesiva; parecía haber sido parte de la Patrulla desde siempre. El plan venía saliendo a la perfección, toda la patrulla estaba sincronizada. El jefe de seguridad detectó algo inusual en las cámaras de vigilancia y se percató de que estaban obstruidas. Inmediatamente, se comunicó con otro guardia que estaba en la ronda interna. Bradley, oculto detrás de la puerta, escuchó la conversación.

—Revisen el primer piso. Hay un problema con las cámaras.

Acto seguido, Bradley atacó por sorpresa al jefe de seguridad y lo inmovilizó presionándole el cuello con su antebrazo. El guardia perdió el conocimiento y cayó al suelo. Bradley informó a Michael por radio que un par de guardias se dirigían al primer piso. Luego, se sentó frente a la consola de control, desactivó todas las cámaras interiores y desconectó algunos cables debajo del panel. Permaneció allí vigilando las cámaras exteriores para alertar al equipo en caso de que llegara la policía. A pesar de haber padecido los horrores de la guerra y enfrentado situaciones de elevado estrés emocional, Bradley experimentaba nerviosismo y una profunda ansiedad en cada incursión. Su deseo más ferviente era dejarles a sus hijas un mundo más compasivo y amoroso, y sentía que esta lucha era una manera de dejar un legado para ellas. Dos guardias de seguridad se interpusieron en el camino de Michael y la Patrulla cuando estaban por entrar en la sala de los monos macacos.

—¡Alto ahí o les disparo! —amenazó uno de ellos.

Michael y Thomas no dudaron en lanzarles un dardo tranquilizante a cada uno y los dejaron inconscientes en el suelo. Eric, Christian y los activistas de Bite Back aprovecharon el momento para colarse en la sala de los monos. Rápidamente y con solo mirarse, Michael y Thomas arrastraron a los guardias hasta una habitación contigua y cerraron la puerta. Eran una dupla invencible, tenían una conexión que no necesitaba de palabras. La sala de los monos era espaciosa, moderna y fría. No era un ambiente acogedor para un animal y menos para un animal silvestre como el mono macaco. Había varias jaulas asépticas alineadas contra una pared, cinco de ellas con monos macacos dentro. Los animales detectaron enseguida su presencia y empezaron a chillar. Se los veía angustiados, estaban delgados y débiles. Rayos infrarrojos impedían el acceso a las jaulas. Era el turno de Christian. Sus habilidades en la acrobacia y el amor por los animales habían terminado de convencer a Michael de sumarlo a la Patrulla del Rescate. Christian admiraba a Animal Warrior desde siempre, se miraba todos sus videos y este era "su" momento de lucirse. Sabía que, si fracasaba, desilusionaría a todos. Christian respiró hondo y, lentamente, comenzó a evadir cada uno de los rayos infrarrojos calculando cada uno de sus movimientos con perfecta precisión. Todos lo observaban, asombrados, sortear los obstáculos. Christian los evadió con éxito. Con mucha precaución desactivó el sensor de los rayos. Ya tenían vía libre para liberar a los animales. Sorpresivamente, otro guardia de seguridad interna irrumpió en la sala. Se abalanzó sobre Michael, lo empujó contra una de las jaulas. Los monitos chirriaban de los nervios. Michael se reincorporó, se lanzó sobre él, le torció una muñeca. Ambos forcejearon fuerte y se pelearon por el arma del guardia. Un tiro salió disparado. No hubo heridos. Michael logró arrebatársela y la arrojó contra unas jaulas vacías. Thomas, por detrás, le inyectó un dardo tranquilizante, y el guardia cayó al suelo. Michael ya tenía vía libre para dirigirse a la sala secreta del laboratorio.

—¡Vamos yendo al entrepiso! —les dijo a tres activistas de Bite Back.

Christian, Thomas y dos de los activistas se apresuraron a abrir las jaulas y liberar a los monitos. Los macacos extendían sus brazos con ansiedad, esperando ser rescatados. Eric estaba eufórico, la cámara filmadora formaba parte de su cuerpo, nadie más que él registraba mejor los detalles de la operación. Ser parte de la Patrulla lo llenaba de orgullo, si fuera por él, lo ventilaría a los cuatro vientos, pero sabía que debía mantener en secreto su formidable actividad. Había rechazado ofertas para dirigir películas en Hollywood, únicamente, para mantenerse como miembro de la Patrulla. Estaba convencido de estar cambiando el mundo, y así era. Un mono macaco rodeó con sus flaquitos brazos el cuello de Christian, como lo hace un bebé desamparado. Un miembro de Bite Back llevaba en sus brazos a dos macacos adultos y el otro a una más joven que no soltaba su viejo osito de peluche. Thomas trataba de persuadir a un macho adulto para que saliera de la jaula, pero era inútil. El mono estaba asustado, se resistía y le enseñaba los dientes.

Mientras tanto, cuando Michael y los tres miembros de Bite Back arribaron al entrepiso, se encontraron que, frente a la puerta de la sala secreta, había un escáner de retina en la pared.

—¡Maldita sea! —exclamó Michael.

De pronto, escuchó un ruido que venía del otro extremo del corredor. Michael alcanzó a ver a otro guardia de Rippin. Les hizo señas a sus compañeros para alertarlos.

—Hay un guardia escondido al final del pasillo — les murmuró.

Michael y uno de los activistas de Bite Back avanzaron sigilosamente hacia el guardia con el propósito de someterlo. Michael se abalanzó sobre él, mientras su compañero le sujetaba los brazos. Con determinación, Michael le arrebató el arma al guardia y extrajo una cinta de amarre de sus bolsillos para inmovilizar sus manos y así neutralizarlo. Trabajando en equipo, lo llevaron hasta la puerta de la sala secreta y lo posicionaron frente al escáner.

—No vamos a lastimarte. Solo necesitamos entrar a la habitación.

El guardia maniatado colocó su ojo sobre el escáner y la puerta se abrió. Enseguida, uno de los activistas le inyectó un dardo tranquilizante en el hombro. Cuando este comenzaba a desmayarse, el activista lo sostuvo para evitarle una brusca caída y lo acomodó en el piso en agradecimiento a su poca resistencia. Michael y los tres activistas finalmente ingresaron a la sala secreta de los monos transgénicos. Eric llegó a tiempo y comenzó a filmar. Se encontraron con una mamá mona y sus cinco monitos bebés en una enorme jaula. Michael pudo leer un cartel que decía: “Monos Transgénicos”. Los cuatro monitos bebés miraban a Michael con ojos suplicantes mientras el quinto de ellos se miraba con un espejo de mano. Como si entendiera todo lo que ocurría, la mamá mona le esbozó a Michael una amplia sonrisa.

—¡Hola, linda mamita! Vamos a sacarte de este horrible lugar.

Michael abrió la jaula y la mona estrechó sus brazos hacia él. Hubo una conexión inmensa entre los dos. Se miraron fijamente a los ojos.

—Apuesto a que nunca caminaste sobre el pasto, ¿eh? Bueno, de ahora en más, lo harás.

Michael le entregó la mona a uno de los activistas. Los otros dos sostenían a los bebés. Todos salieron rápidamente con los animales hacia el sótano. Eric regresaba a la sala de los macacos para ayudar a Thomas. La redada estaba siendo un rotundo éxito. En la planta baja, otro guardia vio a Bradley en la sala de vigilancia. Se escondió y llamó a la policía. Rose, enmascarada, avanzaba por los pasillos del primer piso. Se ocultó dentro de un baño cuando vio pasar a los activistas con los monitos transgénicos en brazos. Esperó a que se fuesen. Verificó que no hubiera nadie a la vista y se metió en una oficina. Allí encontró a los dos guardias desmayados. Comenzó a abrir los archivos, buscaba los informes finales sobre los monos transgénicos. Allí no estaban. Llena de impotencia y de furia, golpeó su puño contra una mesa. Jake iba a entregárselos, pero Rippin se lo había impedido. Mientras tanto, Michael revisaba los archivos uno por uno hasta dar con la evidencia que tanto buscaba. Su informante dentro del laboratorio le había dicho donde estaban los informes. Los metió dentro de su mochila cuando Rose irrumpió a la sala y su vista se topó con el cartel que decía "Monos Transgénicos". Allí se dio cuenta de que esos informes eran los que tanto necesitaba. Y enseguida lo enfrentó.

—Esa documentación me pertenece. ¡Estuve trabajando en esto durante los últimos seis meses de mi vida!

Fuera de sí, le arrebató la mochila a Michael. Él intentó recuperarla, pero ella estaba hecha un demonio. Forcejearon.

—Calmate, calmate. ¿Quién sos? —preguntó Michael sorprendido.

Ella seguía forcejeando, Michael la sujetó con firmeza para inmovilizarla. Cruzaron sus miradas y ella se quitó la máscara. Michael se quedó estupefacto. ¿Qué diablos hacía ella ahí?

—Necesito esa evidencia, Michael —le rogó.

—Ya las tengo conmigo.

—¿Son los informes completos acerca de los genes humanos en monos? —le preguntó Rose.

Michael asintió con la cabeza.

—Genial. Dámelos a mí.

Michael sacudió su cabeza. Se negó a dárselos.

—Esto trata sobre los animales. No sobre tu carrera profesional —le respondió con firmeza.

Ella se enfureció. Lo odió en ese instante. Le gritó con furia.

—¡Esta es mi investigación! ¿Quién te crees que sos? Esta historia tiene que salir a la luz. La gente merece saber la verdad.

— Este no es ni el lugar ni el momento para discutir. Tenemos que salir ya —le dijo Michael con urgencia.

Michael dejó el lugar y ella lo siguió. Mientras salían, Rose se puso nuevamente la máscara. Christian volvía del sótano, se topó con Michael y Rose en los pasillos del primer piso.

—Thomas todavía no logra sacar a uno de los monos de la jaula.

—Vamos —le dijo Michael.

Dos guardias, que custodiaban los pisos superiores, estaban escondidos detrás de una de las tantas puertas que daban al pasillo. Ambos observaron a los tres dirigirse a la sala de los monos macacos para ayudar a Thomas. Una puerta que se abrió los sorprendió. Ambos guardias comenzaron a disparar: *¡Bang! ¡Bang!* Michael, Christian y Rose se agacharon para esquivar las balas.

—¡Los tres, quietos o disparo! —les advirtió uno de los guardias.

Los tres levantaron sus brazos en alto. No había nada que pudiesen hacer, estaban atrapados. En la sala de los macacos, Eric pudo escuchar lo que ocurría detrás de la puerta. Silenciosamente, sacó un par de bombas de gas somnífero de su mochila y dos máscaras. Se asomó a la puerta entreabierta y le hizo señas a Michael para advertirle lo que estaba por hacer. Eric arrojó dos gases hacia los guardias.

—Retengan la respiración —les gritó, arrojándoles las máscaras antigás.

Ambos se colocaron rápidamente las máscaras mientras los dos guardias comenzaron a marearse y cayeron desmayados al suelo. Rose se tapó la nariz y los tres entraron corriendo a la sala de los monos macacos. Allí seguía Thomas intentando, en vano, convencer al mono de salir de la jaula. El animal estaba visiblemente alterado: chillaba sin cesar y le mostraba los dientes con actitud amenazante.

—Está muy nervioso y no me deja agarrarlo —les comentó Thomas.

Michael se acercó a la jaula, se quedó observándolo unos minutos sin emitir palabras, buscaba la conexión con el animal. Sus miradas coincidieron, el mono se fue relajando, su mirada y sus gestos se suavizaron.

—Tiene una habilidad con los animales que nunca vi en nadie. Es capaz de calmarlos solo con su voz —les susurró Thomas a Eric, Christian y Rose, que observaban la escena hipnotizados.

Lenta y suavemente, el mono se fue acercando. Michael le habló con total calma.

—La naturaleza y el amor del universo habitan en ti y en mí, tú y yo somos iguales, tú y yo somos uno. Bienvenido a mi mundo.

El mono miró a su alrededor, escaneó el lugar y, ágilmente, saltó a los brazos de Michael. Ambos se miraron fijo a los ojos, Michael lo acarició suavemente.

—Escuchame bien, mi amigo. Tenés que confiar en mí. No más torturas para vos.

El animal lo abrazó fuerte. Supo que podía confiar en él. Sí, Michael era su héroe, su ángel, su amigo. Rose se estremeció. Estaba emocionada y admiraba a Michael aún más. Entendió por qué él arriesgaba su vida y su libertad. "Porque situaciones como esta valen la pena", pensó. Michael pintó con un espray rojo una de las paredes: "Vinimos, vimos y liberamos a los animales. Animal Warrior y su Patrulla del Rescate". Michael se adjudicaba la redada y, mirando a la cámara con el mono en brazos, hizo su declaración mientras Eric lo filmaba.

—La experimentación con animales es cruel y no debería ser legal. Estos monos inocentes van a pasar, de ahora en más, el resto de sus vidas en un santuario rodeados de pasto y árboles. Somos Animal Warrior y su Patrulla. ¡Volveremos las veces que sean necesarias!

Michael, junto con Thomas, Eric, Christian y Rose, corrían hacia el sótano cuando escucharon unos chillidos que provenían de una puerta de metal.

—¿Qué fue eso? —preguntó Michael. Todos se quedaron helados.

—Tenemos que entrar.

Forzaron la puerta con una palanca y cuando entraron todos se quedaron petrificados. Dos chimpancés atrapados en jaulas chillaban aferrándose a los barrotes para intentar escapar. Uno de ellos estaba muy alterado y se veía claramente que era agresivo. Michael le dio el mono macaco a Rose y, rápidamente, se comunicó por radio con los activistas de Bite Back Organization.

—¡Código rojo! ¡Código rojo! Alguien está saliendo con un mono macaco, pero necesitamos su ayuda para dos chimpancés adultos. ¡Activar la salida de emergencia, traer camillas, urgente! —Repito: código rojo.

Michael le dijo a Rose que los de Saving Animals la estaban

esperando afuera. Ella asintió y se retiró con el mono en brazos. Rose dejó el cerco perimetral atrás, podía escuchar a lo lejos las sirenas de la policía que se hacían cada vez más cercanas. A la distancia, pudo observar a dos activistas enmascarados que le hicieron señas detrás de unos árboles. Rose corrió hacia ellos con todas sus fuerzas. En el camino, se cruzó con los cuatro activistas de Bite Back encargados del código rojo. Llevaban camillas plegables de rescate. Rose intentaba calmar al monito que, como un niño desamparado, se aferraba fuertemente a su cuerpo.

—Aguantá, bebé. Ya casi estamos. Vas a estar bien, te lo prometo.

El mono apoyó su pequeño rostro en el pecho de Rose. Él entendía que ella estaba para salvarlo, como había hecho Michael. Ella aceleró su paso y, a medida que se acercaba a las camionetas, gritó por ayuda.

—¡Necesito ayuda! ¡Aquí estamos!

Uno de los activistas de Saving Animals se acercó a ella y tomó el mono en sus brazos, luego volvió a la camioneta a la espera de los dos chimpancés. Aliviada, Rose corrió hacia su auto y se marchó para el santuario de Michael. Estaba nerviosa, alterada, pero feliz. Segundos después, tuvo miedo por Michael. "¿Y si lo agarra la policía? ¿Y si los matan? ¡Ay, Dios mío!". Oscuros pensamientos se le vinieron a la mente, pero ella ya nada podía hacer.

La situación en el recinto de los chimpancés era complicada. Michael, Thomas y Christian se disponían a abrir las jaulas mientras Eric filmaba. El primer chimpancé estrechó sus brazos hacia Thomas. Este lo acogió en su regazo y le susurró unas tiernas palabras mientras le inyectaba un dardo tranquilizante en el cuello.

—Sos tan dulce... buen chico, buen chico.

El dócil chimpancé perdió la conciencia en segundos. El otro entró en pánico y saltó sobre Christian para atacarlo. Lo tiró al piso, lo golpeó varias veces con sus puños cerrados. Christian intentaba, por todos los medios, protegerse de los golpes mientras buscaba su pistola para inyectársela. Michael apuntó contra el furioso animal para inyectarle un dardo, pero el mono se movía tanto que falló. El animal se dio cuenta. Dejó de moverse por un instante y le lanzó a Michael una mirada de resentimiento. Comenzó a caminar hacia él, golpeando su pecho y mostrándole los dientes. Michael se congeló, podría perder su vida en segundos. Su impresionante tamaño, majestuosidad y fuerza bruta lo asustaron. Permaneció estático y lo miró, fijo, pero dulcemente, a los ojos. El chimpancé se frenó a unos centímetros de él.

—Shhh, tranquilo. Soy tu amigo. Vinimos a llevarte al lugar al que pertenecés.

En ese instante, Thomas le disparaba un dardo tranquilizante desde atrás. El chimpancé se tambaleó y comenzó a caerse cuando Michael lo sostuvo entre sus brazos. Lo fue confortando a medida que el animal perdía la conciencia.

—Confía en mí. Estás a salvo. Más a salvo de lo que has estado antes...

Michael recostó al chimpancé en el suelo.

—Christian, ¿cómo estás? —le preguntó.

—Ningún hueso roto. Todavía tengo mis dos brazos y mis dos piernas. Voy a estar bien.

Todos se rieron, aliviados.

En la sala de vigilancia, Bradley vio aproximarse a dos autos policiales.

—¡Maldita sea! —balbuceó.

Sabiendo que estaban en riesgo, decidió emitir continuos pitidos con su radio portátil. Mientras tanto, en la zona perimetral del laboratorio, uno de los guardias comenzaba a despertarse. Los cuatro activistas de Bite Back irrumpieron en la sala de los chimpancés con las camillas.

—¡Tienen que salir ya! —les dijo Michael mientras sonaban los continuos pitidos en el radio.

Los activistas recostaron a los inconscientes chimpancés en las camillas y huyeron de las instalaciones por una salida de emergencia trasera. Michael, como el capitán de un barco que se hunde, siempre era el último en salir. Esos eran los momentos más riesgosos de las redadas, ya que, por lo general, los guardias ya habían avisado a la policía. Todo estaba en calma, salvo por el sonido de las sirenas policiales. Michael chequeó por última vez las salas de los monos. Vio las jaulas vacías. Se sintió en paz y salió. Un auto policial del FBI había llegado al lugar. Mientras tanto, Bradley y los demás convergieron en el sótano en cuestión de segundos. Eric y Christian fueron los primeros en salir por la ventana, luego les siguieron Bradley y Thomas. Michael se disponía a salir cuando uno de los guardias lo sorprendió y tiró con fuerza de sus piernas, reteniéndolo e impidiendo su huida. Michael estaba atrapado y rápidamente alertó a Thomas.

—Me tiene agarrado de las piernas —le dijo.

El guardia de Rippin logró finalmente jalar a Michael con fuerza hacia el interior, haciendo que cayese de espaldas al suelo del sótano. Enseguida el guardia se abalanzó sobre él y ambos comenzaron una feroz pelea. El guardia intentaba, por todos los medios, quitarle la máscara. Ambos rodaron por el piso y, en un instante en que el guardia estaba encima de Michael, logró quitársela dejando su rostro al descubierto. Al guardia le costaba enfocarse en el rostro de Michael, tenía la visión borrosa.

—Ahora puedo verte la cara, infeliz salvador de animales —le dijo con sorna.

Michael intentaba, infructuosamente, sacar de su bolsillo su pistola de dardos tranquilizantes, ya que los golpes de puño del guardia se lo impedían. Finalmente, logró tomarla y le inyectó un dardo en el hombro. El guardia quedó somnoliento en el piso. Michael se puso nuevamente la máscara y, con ayuda de Thomas, logró salir del sótano. Una vez fuera de las instalaciones, Michael y Thomas se apresuraron hacia la camioneta, mientras un agente del FBI los perseguía apuntándoles con su arma. Ambos se dividieron, tomando caminos separados para despistarlo. El agente les gritó.

—¡Paren o disparo!

Michael logró ocultarse detrás de un árbol, pero, desafortunadamente, Thomas se resbaló y el agente aprovechó la oportunidad para abalanzarse contra él. La situación se había vuelto complicada: enfrentar o agredir a un oficial de la ley conllevaba sus propias consecuencias. Sin embargo, la preocupación de Michael aumentó al presenciar la lucha cuerpo a cuerpo entre ambos. Todo sucedió en un abrir y cerrar de ojos. El agente intentaba esposar a Thomas, quien hábilmente lo esquivaba. En medio de un movimiento brusco, el arma de Thomas se disparó accidentalmente. La bala rozó el muslo del agente y le causó una herida superficial. A pesar del disparo, este no se rindió y, con un golpe certero de culata, logró dejarlo inconsciente.

Sentado en el asiento del acompañante, Michael miraba pensativo las luces de la ciudad a través de la ventana de la camioneta. Estaba satisfecho por la misión cumplida, pero muy preocupado por lo ocurrido en el sótano y por Thomas. “Los monos ya están a salvo y van a tener la vida que se merecen. ¡Qué locura encontrar esos dos chimpancés, eso sí que no me lo esperaba! Mañana mi identikit va a estar por todo el país... Ese guardia me vio la cara... Voy a esconderme un par de días hasta ver qué pasa. No puedo creer lo que pasó con Thomas. Siempre le advertí que las armas podrían traer complicaciones. Por lo que pude ver, la bala salió de forma accidental. Pero hirió a un policía. Uyyyy, qué noche la de hoy. Un chimpancé casi mata a Christian. Qué desastre si eso pasaba... Estoy agotado, qué estrés. ¿Qué hago con los informes de los monos transgénicos? Cómo se puso Rose. ¿Le doy los informes? En realidad, es lo mismo, los dos queremos que todo salga a la luz y se sepa lo nefasto que es Rippin...”.

En el búnker había un clima enrarecido. Sentados en el sofá y agotados por el estrés, Bradley, Eric, Christian y Rose observaban a Michael caminar de un lado al otro. Estaba enfurecido y frustrado.

—El tipo me vio la cara.

—¿Pensaste en entregarte? —le preguntó Eric.

—No todavía. Ese fue el mismo guardia que dejamos inconsciente en el cerco perimetral. Es posible que todavía haya estado un poco desorientado y, a lo mejor, mañana ya ni se acuerde de mi cara.

—No puedo creer que se hayan llevado a Thomas— acotó Bradley.

—¡Le dije que no quería armas! Ahora es probable que esté detenido por haber baleado a un policía.

Bradley miraba de reojo y con desconfianza a Rose. Le caía bien, pero... "¿Qué hace entre nosotros una periodista?", pensó.

—¿Cuántos años podrían darle a Thomas por haber baleado a un agente del FBI? —preguntó Christian.

—Unos cuatro o cinco años si la bala salió accidentalmente —respondió Rose.

Eric le devolvió una mirada llena de recelo.

—¿Qué está haciendo ella acá? —le preguntó Bradley a Michael.

—La necesitamos más que nunca. No te preocupes. Está limpia y gracias a ella, sumamos a Christian.

Michael y Bradley tenían contactos con la CIA. Un informante oculto les averiguaba los antecedentes de los miembros que colaboraban con ellos. Si la persona había tenido alguna causa de crueldad animal o había denunciado alguna vez a algún animalista, quedaba descartado. Michael sabía lo que Rose había pasado con Edward. Sabía de su lucha y de su amor por los animales. Además, le gustaba. Y mucho.

—Es una periodista, Michael. No podemos confiar en ella —expuso Eric.

—Es una amiga muy leal y sabe guardar secretos —contestó Christian.

Bradley y Eric, decepcionados, continuaban mirándola de forma incrédula.

—Yo pienso que es demasiado peligroso —insistió Bradley—. Es famosa, Michael. Millones de personas la ven a diario en el noticiero. Puede ser fácilmente reconocida. ¡Ella podría hacer que nos atrapen!

Michael se dejó caer abrumado en el sofá.

—Rose solía cubrir redadas unos años atrás. Hacía el mismo trabajo que hoy hace Eric.

Todos se quedaron callados, Michael continuó.

—Yo confío en ella. Es mi decisión y yo tomo todas las responsabilidades. Se queda con nosotros y punto —sentenció.

Bradley y Eric asintieron. Si Michael la aceptaba en la Patrulla, no había nada más que objetar.

Cansado y preocupado, Thomas vio entrar al comisario seguido de dos detectives. Sabía que estaba en serios problemas. Nunca había querido herir al oficial de forma intencional. En el forcejeo, la bala se había disparado. Se acordó de las tantas veces que Michael le había advertido lo riesgoso que podía ser llevar armas a una redada. Se sentía un estúpido.

—Vas a tener que explicar qué estabas haciendo allí. Tus amiguitos se robaron trece monos del laboratorio de Rippin. Intentaste matar a un agente del FBI. Estás en serios problemas. Así que te escucho —le dijo uno de los detectives.

—La bala se disparó accidentalmente. No fue mi intención herirlo. Conozco mis derechos. Quiero un abogado.

—Claro que los conocés. Cometiste un delito federal. Necesitarás uno. Y que sea muy bueno.

Rose había invitado a Christian a almorzar. La invadía una mezcla de bronca, frustración y enamoramiento. Hacía meses que estaba trabajando en la investigación de los genes humanos en los monos.

—El maldito de Michael me robó toda la evidencia. ¿Vos sabés lo que me costó encontrar a Jake? Justamente, en estas últimas semanas, había estado pensando en dejar las cámaras para enfocarme en el periodismo de investigación... pero qué más da... Pensé que teníamos una conexión especial...

Christian no pudo evitar deslizar una sonrisita.

—¡No sé qué te causa gracia! —le espetó Rose.

—Calmate un poco, mi querida. ¡Ambos dos sabemos que te encanta!

Rose puso los ojos en blanco y lanzó una carcajada.

—Bueno, hoy no. Hoy no me gusta en lo más mínimo — le contestó mientras servía la comida.

—Él es el Animal Warrior, querida. Está clarísimo que tiene informantes y espías en todos lados. ¿O cómo te pensás que pudo hacer la redada de perros en un país como China? Porque seguramente tiene contactos con la policía o con políticos del mismo Gobierno de ese país... ¡¡¡Y de todos los países!!!

Rose comía la ensalada con desgano. Christian tenía razón.

—Él sabe de mi interés por este tema. Debería dármelos. Sí, debería darme esos informes ilegales para que yo los pueda presentar en la televisión.

—Y, de paso, mi amiga queda como la heroína de la historia —le dijo él simulando una sonrisa.

Rose le arrojó una servilleta a la cara y ambos estallaron en risa.

Sentado en su oficina, Rippin conversaba con su socio Simón, que estaba recién llegado de un viaje de negocios en Nueva York.

—Estos terroristas verdes me la van a pagar. La peor de todas es esa periodista, Rose Rivers. Estoy convencido en un ciento por ciento que ella tiene algo que ver en todo esto.

—Se llevaron todos los informes del genoma humano… y todos los monos. Me preocupan más los chimpancés que todo lo demás. Bien sabés que los experimentos con chimpancés están prohibidos y tuvimos que coimear a los del Servicio de Inspección Sanitaria Animal para evitar los controles — le dejó entrever Simón—. Los otros experimentos los podemos defender.

—¿Defender? ¿Cómo vamos a defender lo del genoma humano? Estamos al horno. Invertimos millones en estos experimentos. Esos malnacidos nos arruinaron —le contestó Rippin.

—Uno de ellos está preso. Se llama Thomas Lakes y es dueño de una veterinaria junto con un tal Michael Green. No la tiene nada fácil. Ojalá hable. Le pueden caer más de cinco años de prisión —acotó Simón.

—Acá el que importa es el líder. Ese tal Animal Warrior… tiene muchos adeptos esa porquería verde. Él es nuestra mayor amenaza.
—Hay un movimiento animalista que no para de crecer a nivel mundial. ¿A quién se le ocurre militar por los animales, que son unos bichos que no pueden ni hablar? —continuó Rippin, y ambos se echaron a reír—. Tenemos que encontrar a esa reportera… y necesitamos sacárnoslas de encima ya. Está con ellos. Tan seguro como que me llamo Freddy.

En la prisión federal de California, Mark Walsh, el abogado de Thomas, intentaba convencerlo de pactar un acuerdo con la fiscalía.

—Te enfrentás a una sentencia de unos cinco años. Afortunadamente, el agente confesó que el arma se disparó por accidente. Además, no hay videos que te incriminen dentro del laboratorio, y la pelea fue en las afueras del recinto. Igualmente, se llevaron trece monos y está difícil demostrar tu inocencia. Debemos llegar a un acuerdo.

—No puedo hacerlo, son mis amigos, mis compañeros de trabajo. Hacemos esto por los animales. Los salvamos.

—Te pueden dar hasta cinco años, Thomas. ¿Podés entenderlo? Le disparaste a un agente del FBI —le insistía su abogado—. Al menos dales algo de información. Decime un nombre. Quieren al líder.

—No hay líderes. Somos todos iguales.

Mark Walsh negó con la cabeza, frustrado.

—Soy tu abogado, por Dios. Confiá en mí. Si no querés pasarte un par de años en una maldita cárcel, dame un nombre. Al menos uno.

—No hay ningún nombre. Se terminó la discusión —sentenció Thomas con firmeza.

MICHAEL & ROSE

Esa misma tarde, Rose llegaba a su departamento, ubicado en el centro de San Diego. Bradley estacionó detrás de ella y esperó. Segundos después, la vio dentro del lobby llamando al ascensor. Enseguida, divisó la figura de un hombre enmascarado que la tomó por detrás. Inmediatamente, Bradley se bajó del auto para socorrerla. Estaba convencido de que se trataba de un matón de Rippin. Rose gritaba y peleaba por su vida. El sicario le golpeó la cabeza contra la pared, le dio dos trompadas y la arrojó al suelo. Gritos de terror salían de los labios de Rose. El matón era un hombre fornido y la golpeaba con furia. Bradley se abalanzó sobre el sicario, y Rose pudo finalmente liberarse. Ambos hombres pelearon brutalmente. Trompadas, puñetazos, patadas. Bradley agarró una silla y se la lanzó al matón, pero esto no lo amedrentó. El matón se arrojó violentamente contra Bradley, le dio unas trompadas en el estómago. Dolorida y confundida, Rose observaba la violenta pelea sin saber qué hacer. Sus ojos, desesperados, se posaron en un florero de cristal. Con manos temblorosas, lo tomó y se lo estrelló en la cabeza al sicario. El florero se partió en varios pedazos y le cortó el cuero cabelludo. Sabiendo que la situación se había salido de control, el sicario se arrastró hasta la puerta de entrada; a duras penas, se puso de pie y salió huyendo. Bradley la socorrió.

—Casi me mata, casi me mata —gritaba Rose llorando a mares.

—Tranquila. Dejame llevarte al santuario, ahí vas a estar segura —le sugirió Bradley.

La ayudó a ponerse de pie y la escoltó hacia su auto. Camino al santuario de Michael, Rose temblaba, abrumada por el terror.

—Ya estás bien, ya llegamos —intentaba calmarla Bradley.

Pero Rose, en vez de tranquilizarse, volvía una y otra vez a deshacerse en llanto.

Recostada en el sillón de la sala de reuniones del búnker, Bradley le alcanzó un vaso de agua y unos analgésicos.

—Los científicos deberían experimentar con estos asesinos y no con los pobres animales —se quejó Rose.

Bradley le habló de su traumática experiencia en Afganistán unos años atrás. Michael le había contado del shock que a Rose le había producido la muerte de su novio, sus miedos, la angustia de la muerte de Jake...

—Yo fui marine. Me acuerdo hasta el día de hoy. No puedo sacarme ese día de mi cabeza... Mi compañero y yo irrumpimos en una pequeña habitación de una mezquita, y un terrorista nos apuntó con una AK 47. Le grité que le disparara, él lo hizo y, allí mismo, yo lo hice con tres más que estaban a su izquierda... En un segundo maté a tres personas. Eran terroristas, pero personas... Nunca se lo conté a nadie. Quise suicidarme. No lo hice por mis padres. No quise destrozarles la vida. Yo era un tipo duro, a veces violento y arrogante. Ese día fue un quiebre. Entendí que debía hacerme responsable y trabajar profundamente con mi naturaleza. Me di cuenta que no podía ser que yo me autorizase a hacer cualquier cosa. Entonces supe que no podía seguir haciendo ese trabajo —le contó él.

—Por eso no mataste al sicario de Rippin... ¿No es cierto?

Bradley asintió con la cabeza.

—Durante mucho tiempo, no pude volver a disparar un fusil —contó con los ojos empañados—. Apenas lo dejé, me inscribí como voluntario en un refugio de animales; aquí, en el santuario de Michael. Intento ser una persona más reflexiva, más amorosa, más atenta. El mundo está al revés. Las guerras son legales, como lo es también matar animales. Estamos rodeados de muerte.

—¿Cómo supiste que ese hombre quería matarme?

—No lo sabía. Te estuve siguiendo todos los días desde que Michael me contó lo de Jake. Lo supusimos.

Rose quedó desconcertada ante la respuesta sincera de Bradley. ¿Michael había estado cuidando de ella? Rose se sentía culpable. "Lo maltraté tanto en el laboratorio", pensó.

—Él se preocupa por vos —le dijo Bradley.

Segundos después, Michael apareció. Traía un sobre en sus manos. Bradley los dejó solos. Michael se sentó al lado de Rose. Era evidente la atracción que había entre ambos.

—¿Cómo te sentís? —preguntó él.

—Me duele todo el cuerpo y estoy bastante asustada.

—Si das a conocer estos informes, vas a transformarte en una periodista muy visible. Rippin no va a intentarlo otra vez. Quedaría muy expuesto —le dijo Michael mientras le entregaba el sobre.

Rose lo tomó y lo abrió. Allí estaba toda la documentación acerca de los monos transgénicos. Quería que la tierra la tragara. ¡Qué injusta había sido con él!

—Fui tan egoísta. Espero que algún día puedas perdonarme —le dijo avergonzada.

Michael sabía lo importante que era esto para ella y su carrera. Él no necesitaba el crédito de haber obtenido tal valiosa información. Eso hablaba de la persona honorable que era.

—¿Vos ya sabías lo de los genes humanos antes de la redada? —preguntó ella.

—Sí, ya lo sabía.

—¿Cómo? ¿Era Jake también tu informante?

—No. Tengo mis propios espías dentro de la mayoría de los laboratorios. Gracias a Dios, quedan todavía muchos científicos en contra de todo este tipo de experimentos.

Rose lo miró con dulzura. ¡Cuánto lo admiraba!

—No creo que sea conveniente que hoy manejes hasta tu casa —le dijo Michael apuntando al área de las habitaciones—. Podés quedarte a dormir acá.

Ella lo miró preocupada.

—¿Dije algo malo?

—Es Panther. No quiero dejarlo solo.

—Voy a buscarlo ahora mismo, si eso te tranquiliza.

Ella deslizó una luminosa sonrisa.

—Sos muy lindo cuando te veo tratando de salvar al mundo.

Sonrieron en silencio, mirándose a los ojos. Entonces, Michael le levantó la barbilla con ternura y le dio el beso más hermoso de su vida.

Frustrado, Rippin golpeaba la mesa de su escritorio. Paul no le había dado buenas noticias.

—¿Me estás diciendo que uno de mis hombres no pudo con una mujer diminuta e indefensa? ¡Estoy rodeado de idiotas!

—Un hombre grandote, de unos cuarenta años, irrumpió en el lobby y lo atacó brutalmente. Creemos que Rose Rivers ha contratado un guardaespaldas.

—¿Un guardaespaldas?

—Es probable. No se olvide que Jake era su informante.

Rippin meneó su cabeza con resignación y encendió un cigarrillo.

—Esta chica es una pesadilla. ¿Qué más puede se esperar de una vegana?

LA PERSECUCIÓN

En la sala de conferencias del FBI, el inspector Sams se dirigió a los agentes John Keith, Perry y Stone.

—Keith, dame las últimas noticias.

En la gran pantalla, aparecieron unas fotos de Michael.

— Él es nuestro hombre: Michael Green. Uno de los guardias de Rippin logró identificarlo, finalmente. Es socio del veterinario Thomas Lakes, quien fue arrestado recientemente por balear de forma accidental a uno de nuestros agentes. Green es un "exitoso" veterinario que reside en San Diego, procede de una familia rica y tradicional, sin antecedentes. Su domicilio legal es en su santuario de animales en las afueras de la ciudad. Su padre es el reconocido y millonario científico Robert Green, propietario de Eco-Green Holdings, empresas dedicadas a productos ecológicos como comida vegana, vestimentas y cosméticos libres de crueldad animal en todo el país.

—Buen trabajo —dijo Sams—. Tenemos mucho por hacer.

Keith admiraba en silencio a Animal Warrior. También respetaba profundamente a Michael Green, el veterinario de su gato. Se sentía incómodo, pero tenía que hacer su trabajo. Tras alejarse del lugar, se dirigió rápidamente a su auto y, desde allí, utilizando un celular encriptado, llamó a Michael para alertarlo de su delicada situación. Michael trabajaba en su computadora en el búnker cuando sonó su celular. Había amanecido sumamente nervioso, esperando ansiosamente una llamada que le confirmara si el guardia de Rippin lo había reconocido. Sin embargo, no era a Keith a quién esperaba atender.

—Buen día, Dr. Green, aquí John Keith.

—Buen día, John. ¿Pasó algo con Maddox? —le preguntó Michael preocupado.

—Sí. Escuche atentamente a lo que le voy a decir. Llamo para comentarle que Maddox se ha portado mal, se robó unos peces de un acuario, y la policía federal emitió una orden de captura contra él. Pienso que lo mejor es que se entregue, usted sabe que no me gustaría tener que entregar a mi querido gato a las autoridades, pero su mal comportamiento me obliga a rastrearlo por mar y tierra. ¿Comprende de lo que estamos hablando?

Michael pensaba, analizaba, ataba cabos...

—Estimado Keith, entiendo su posición. Seguramente Maddox tuvo una noble razón para robarse esos peces, no creo que se los haya comido. Estoy seguro de que esos peces están muy felices disfrutando de su libertad en el mar. Muchas gracias por la información. No creo que podamos vernos por un largo tiempo, ya que estoy de vacaciones. Espero que Maddox siga libre robándose peces, ya sabe que estoy del lado del bando verde. Saludos, amigo Keith.

Keith esbozó una leve sonrisa, prendió el motor del auto y se marchó. Michael corrió a la sala de equipamiento. Mientras agarraba una mochila estanca que siempre tenía lista para emergencias, su celular volvió a sonar. Era un agente del FBI amante de los animales, que le avisaba que tenían orden de captura en su contra. Sin perder tiempo, Michael se dirigió hacia el garaje, tomó una de sus motos y salió a toda velocidad. Necesitaba alejarse y tener un momento de calma para pensar en sus próximos pasos.

Los agentes Keith y Stone se hicieron presentes en el santuario de Michael. Al no dar con él, se dirigieron hacia la mansión de sus padres. Robert, el padre de Michael, los recibió en la puerta de entrada.

—Mi hijo no está aquí, agentes.

—Su hijo enfrenta cargos por disrupción de una empresa de animales, señor —le dijo Stone con firmeza.

—¿Qué tipo de cargos? ¿De qué hablan, agentes? —preguntó Robert sorprendido.

—Su hijo estuvo involucrado en la redada al laboratorio de Freddy Rippin, señor —le contestó Keith con seriedad.

—¿Cómo? Mi hijo es un respetado veterinario, mire si va a andar robando monos de noche en laboratorios. Eso es ridículo, agentes.

—Uno de los guardias de Rippin lo reconoció, señor —retrucó el agente Stone.

Robert se despidió de los agentes y cerró la puerta. Esto le confirmaba lo que hacía tiempo sospechaba, que su hijo era Animal Warrior. Los agentes Keith y Stone continuaron en la búsqueda del paradero de Michael. Fueron hasta la clínica veterinaria, pero allí tampoco dieron con él.

Ese era el día con el que Rose había soñado, y gracias a Michael, se había hecho realidad. Se lo debía. Una presentadora vespertina de America News la entrevistó a primera hora de la mañana.

—Nos encontramos aquí con la periodista Rose Rivers, que ha recibido los informes finales sobre horribles experimentos de genes humanos en monos que tuvieron lugar en el mismísimo laboratorio de Freddy Rippin. ¿Cómo es que recibió el material, Rose?

—La información llegó de forma anónima al correo de la empresa. Creemos que alguien del laboratorio sobornó a algún funcionario del Servicio de Inspección de Sanidad Animal, ya que también estaban experimentando con dos chimpancés. Está claro que no tenían el permiso para realizar las investigaciones médicas correspondientes sobre ellos.

—¿Estás al tanto de que el laboratorio enfrenta cargos criminales y que se les ha prohibido, hasta nuevo aviso, realizar pruebas con animales?

—Sí, y me alegra oír eso. ¿Qué derecho tenemos de someter a animales a experimentos de este tipo? ¿No podemos dejarlos en paz?

—¿Y qué piensa hacer con toda esta información? —preguntó la reportera.

—Planeo publicarla en mi próxima investigación, con la esperanza de que se prohíba, de una vez por todas, la experimentación en animales —respondió Rose con determinación.

Detrás de cámaras, Jeffrey y Christian comentaban acerca de Rose.

—Al final, siempre se sale con la suya —murmuró Jeffrey.

—Es una chica muy valiente y es mi amiga —contestó Christian, orgulloso.

Minutos después, Christian le dio a Rose una noticia que a ella jamás le hubiese gustado escuchar: El FBI estaba buscando a Michael. La noticia había sido primicia exclusiva de otro medio.

Arthur terminaba de ducharse, prendió la televisión de su cuarto y vio a Nick, el compañero maléfico de Rose, dando las noticias.

—Desde las primeras horas de la mañana, un equipo de agentes del FBI ha estado buscando intensamente a Michael Green, un destacado veterinario de San Diego. Green está acusado de haber participado la semana pasada en la redada de Laboratorios Rippin. Se sospecha que él podría ser el mismísimo Animal Warrior. La policía no ha podido dar con su paradero por el momento...

A Arthur se le congeló el corazón. Ese hombre lo había salvado de las calles. Ese hombre le había salvado la vida a su perrita Pinky sin pedir nada a cambio. Michael le había enseñado su amor por todos los seres vivos. Ese amor hacia los animales. Ese respeto por la vida hacia las más pequeñas criaturas. Se acordó de una tarde en que ambos caminaban por el campo y Michael evitó pisar un caminito de hormigas portadoras de hojas. "¿Por qué habría de pisarlas?", se había preguntado Arthur. Se sentó en la cama contemplando la imagen de Michael en la televisión. Ansiaba con todo su ser que Michael le pidiese ayuda. Esa mañana no lo había visto en el santuario. "Seguramente está prófugo", pensó.

En su oficina, Rippin también miraba las noticias. La imagen de la televisión se partió en dos. En una de ellas estaba Nick y en la otra había una foto de Michael.

—El FBI ha establecido dos líneas directas para que puedan llamar y hacer la denuncia en caso de que tengan datos que arrojen el paradero de Green. También le decimos al público que puede contactarse con nosotros por cualquier información al respecto —expuso Nick.

Rippin lo observaba con una sonrisa triunfal.

—Este no es un estúpido animalista como Rose —le dijo a su socio.

—Nick Platt... Me gusta ese hombre —contestó Simón Edwards.

Rippin quedó pensativo unos segundos. "Michael Green, sos un fugitivo... sos mío ahora...", pensó. Enseguida llamó a Paul para decirle que se contactase con Nick Platt.

En la oficina que compartía con Nick, Rose estaba concentrada en su computadora, mientras él conversaba con un colega. En ese momento el celular de Rose sonó. Era Michael.

—¿Cómo estás? —le preguntó ella en voz baja mientras salía de la oficina.

—Decile a mis padres que estoy bien. Finalmente, el guardia me reconoció.

Nick salió a la puerta y pudo notar a Rose bastante nerviosa. Enseguida sospechó que sucedía algo extraño.

—¿Dónde estás? —le preguntó Rose.

—Estoy en la habitación 203 del hotel Rodeway Inn, en Escondido. Tengo que llamar ahora a mi abogada. Te amo.

Rose colgó. Estaba asustada por la situación. A Michael podrían darle hasta cinco años de prisión.

Unas horas más tarde, Nick dejaba el estudio. A punto de abrir la puerta de su auto, Paul se le acercó. —¿Nick Platt?

—Sí, soy yo —dijo sorprendido.

—Vengo de Laboratorios Rippin. Necesitamos que nos averigüe el paradero de Michael Green. Creemos que Rose Rivers está en contacto con él.

—Tal vez, podría... —dijo Nick.

El guardia le entregó un sobre con dinero.

—Aquí hay dos mil dólares. Tendrás tres mil más una vez que nos des la información. ¿Es un trato?

Nick miró el sobre.

—Veré qué puedo hacer —contestó y le ofreció su tarjeta personal.

Nick se subió al auto y esperó a Rose. Seguramente, ella sabía dónde se encontraba Michael. Segundos después la vio subirse al auto y la siguió.

A pesar de estar preocupado por la situación de Michael, Arthur disfrutaba de un mediodía soleado en el jardín del santuario junto a su perrita, Pinky, el cachorro *Beagle* que Michael había rescatado del criadero y los dos cabritos bebés. Asegurándose de que nadie lo viese, sacó de su bolsillo un generoso sándwich de jamón y queso.

—No le cuentes a nadie que estoy comiendo jamón. Aquí son todos veganos. Buena gente, pero rara —le confesó a Pinky con una pícara sonrisa.

Mientras se deleitaba con su sabroso sándwich, Rose apareció. Arthur escondió el sándwich en el bolsillo de la chaqueta.

—Hola, Arthur, ¡qué bueno verte bien! —le dijo Rose.

—¿Cómo va esa joven? Tan linda como siempre.

—¿A qué se debe tu llamada? —le preguntó ella.

Arthur hizo una pausa. Pudo ver a Rose llena de preocupación.

—Michael está en problemas debido a esas redadas, ¿no? —le preguntó especulando con la respuesta de ella.

Rose acariciaba a Pinky, le encantaban los animales negros.

—¿Redadas? —le contestó haciéndose la desentendida.

Arthur giró sus ojos.

—Querida... vivo aquí...

A Rose también le intrigaba Arthur. Era un hombre sumamente instruido, inteligente. ¿Por qué había estado en las calles durante tanto tiempo? ¿A qué se debía tal elección? Arthur se puso de pie, decidido.

—Necesito que me lleves con él. Podría estar en peligro —dijo con urgencia.

Rose se encontraba desconcertada. ¿Cómo podría este hombre, que hace apenas unas semanas era un mendigo, ayudar a Michael en una situación tan delicada?

—No creo estar autorizada a decirte dónde está. No veo cómo podrías ayudarlo.

—Guardo secretos que algún día te serán revelados. Decime dónde está Michael. Podrías arrepentirte el resto de tus días si no lo hacés.

Las palabras de Arthur desconcertaron y asustaron a Rose, pero decidió confiar en su instinto y en la posibilidad de ayudar a Michael. Asintió y, dejando a un lado sus dudas, se dispuso a acompañar a Arthur a su habitación.

—Gracias por ayudarlo.

—Es lo menos que puedo hacer por él, mi querida —contestó mientras tomaba su valija negra—. Vamos, Michael nos necesita.

Arthur no pensaba dejar solo a Michael. Su mirada entrenada le decía que corría peligro. Mucho peligro. Rose lo condujo hasta la estación de ómnibus. Nick iba detrás de ellos. La autopista estaba bastante despejada, lo que le permitió no perderlos de vista durante todo el trayecto. El auto con Rose y Arthur entró a la estación de ómnibus. Nick dejó pasar un par de autos más y luego los siguió. Se camufló entre la gente y vio a ambos comprar un ticket y a Rose despedirse de Arthur. "¿A dónde irá este viejo loco?", pensó Nick. Lo vio subir al ómnibus, corrió hacia su auto y lo siguió hasta Escondido. Arthur se bajó del autobús y comenzó a caminar hacia el Hotel Rodeway Inn. Nick lo siguió y estacionó a cierta distancia de la entrada del hotel. Desde allí, pudo observar cómo Arthur entraba en la recepción. Nick se preguntó por qué Rose lo habría llevado a un hotel tan mediocre. Sin embargo, un fuerte presentimiento lo invadió y le dio la certeza de que Michael Green se estaba ocultando en ese mismo lugar. Sin dudarlo, tomó su celular y llamó a Paul.

—Quiero un cuarto en el segundo piso, frente a la habitación 203 —le dijo Arthur al recepcionista.

Una vez en la habitación, Arthur se quitó su chaqueta, colocó su valija sobre la cama. La abrió: había una laptop, algo de ropa y un maletín negro. Abrió el maletín. Había de todo: pasaportes, dólares, micrófonos, armas, balas, cámaras... era el maletín de un asesino profesional. Tranquilo y sabiendo muy bien lo que hacía, sacó un par de micrófonos y cámaras. Luego abrió la heladerita de la habitación, tomó una botellita de whisky, se sirvió un vaso, bebió y esperó. De pronto, el sonido de una puerta al cerrarse llamó la atención de Arthur. Se incorporó de inmediato y con cautela, entornó la puerta, lo justo para ver a Michael alejarse de su habitación. Era el momento que había estado esperando. Tenía vía libre. Debía ser rápido. Enseguida se cruzó a la habitación de Michael. Como un experto profesional, instaló los micrófonos y las cámaras en lugares estratégicos y regresó a su cuarto nuevamente. Se sentó en la cama, bebió otro sorbo de whisky. Y esperó. Estaba a sus anchas, como pez en el agua.

En la sala de reuniones del búnker, se respiraba una tensión pesada. Bradley, Eric, Christian y Rose se encontraban inmersos en una conversación sobre el futuro de Michael.

—¿Pudiste hablar con Reba? —le preguntó Rose a Bradley.

Reba Ford era la abogada de Michael y de algunos miembros de la Patrulla. Él confiaba ciegamente en ella, ya que era una mujer muy experimentada en el terreno de maltrato y abuso animal, además de ser una gran defensora de activistas proanimal con problemas legales.

—Sí. Ya habló con Michael y le sugirió que se entregara y se declarase culpable si quiere que el juez le otorgue una sentencia menor.

—¿Y él que dijo? —preguntó Eric con interés.

—No tomó ninguna decisión todavía. Nos va a avisar apenas lo sepa.

—¿Es posible que lo juzguen con la Ley de Terrorismo de Empresa Animal? —preguntó Christian con evidente preocupación.

Los cuatro se miraron consternados.

—Es lo más probable... —contestó Rose.

—¿Qué pasó con Arthur? —preguntó Eric.

—Lo llevé a la estación de ómnibus. Sinceramente, no veo en qué podría ayudar a Michael. Pero algo me dijo que lo llevase hasta el hotel.

La preocupación seguía presente en la sala de reuniones. ¿Qué pasaría si Michael era sentenciado a varios años de prisión? ¿Cómo seguirían con los rescates? Cientos de preguntas les rondaban por sus cabezas. La posibilidad de que lo atraparan los atormentaba. Él era el fundador y líder de la Patrulla. Todos se sentirían huérfanos sin su presencia.

En la sala de entrevistas del canal, Rippin tomó asiento con confianza, consciente de que esta vez sería Nick Platt quien lo interrogaría. Ambos tenían la misma visión sobre los animales: Dios los había creado para servir al hombre. A su lado, estaba Simón Edwards, junto con cuatro científicos de su laboratorio, apoyando la misma idea. Esta entrevista, para Rippin, no era más que una fachada. Sus verdaderas intenciones eran localizar a Michael antes que el FBI, con el objetivo de eliminarlo, ya que creía que era el mismísimo Animal Warrior.

—Con esta entrevista y nuestra recompensa, podemos presionar aún más a la policía para que encuentre a este crápula verde —les comentó a sus amigos científicos, escondiendo sus objetivos.

Nick, enyesado y con micrófono en mano, dio las instrucciones al camarógrafo. Disfrutaba de ese momento como nunca en su vida, a pesar de que el yeso de la pierna le molestaba enormemente.

—Aquí estamos en vivo con el científico Freddy Rippin, propietario del laboratorio que lleva su nombre. Como es de público conocimiento, hace unos días, su laboratorio fue asaltado por Animal Warrior y la Patrulla del Rescate. Sus colegas se encuentran aquí para brindarle todo su apoyo. Rippin y los científicos sonrieron a la cámara.

—Sí, Nick, así es. Agradezco mucho esta entrevista, es muy generoso de tu parte. Nosotros somos personas trabajadoras: pagamos nuestros impuestos y somos buenos ciudadanos. Sin embargo, hace unos días, estos vándalos no solo se llevaron mis animales, sino que también me ocasionaron pérdidas millonarias. Todos los presentes estamos dispuestos a ofrecer una recompensa de treinta mil dólares por cualquier información relevante que lleve al arresto de Michael Green, quien creemos que es el conocido Animal Warrior.

—¿Qué nos puede decir acerca de los recientes cargos en contra de su laboratorio?

—Eso está en manos de la Justicia, y espero que todo se vuelque a nuestro favor. Necesitamos continuar con nuestras investigaciones. La experimentación en primates ha sido objeto de mucha polémica en este bendito país, pero debo decir que, lamentablemente, eso interfiere con la investigación médica. Nosotros no incurrimos en nada ilegal. Nuestros abogados lo van a probar...

Nick Platt estaba del lado de Rippin, y todas sus preguntas fueron tendenciosas contra Animal Warrior y la Patrulla. Sin embargo, más de la mitad del país los admiraba y los consideraban unos héroes.

Michael regresaba a su habitación con una bolsa de comida. La dejó sobre la mesa y se dirigió hacia la heladera para servirse un vaso de agua. Rippin ya había dado la orden de matar a Michael Green. La condición de fugitivo de Michael lo beneficiaba: si él lo encontraba primero que el FBI, nadie se enteraría. Por lo tanto, la eliminación de Michael sería menos arriesgada.

Dos sicarios de Rippin caminaron sigilosamente hacia la habitación de Michael. No había nadie a la vista. Una vez que llegaron, intentaron abrir la puerta. Estaba cerrada con llave. Uno de ellos sacó una ganzúa de su bolsillo para poder abrirla.

—Vamos a ocuparnos de este tipo —dijo uno.

De repente, Michael escuchó ruidos en la cerradura. Se sobresaltó. Inmediatamente se ocultó detrás de la puerta. El sicario la abrió muy despacio, con el fin de tomar por sorpresa a Michael. Mientras tanto, Arthur salía del baño y chequeó su computadora: pudo ver a dos hombres irrumpiendo en la habitación de Michael. Rápidamente, se cubrió el rostro con una máscara negra y salió corriendo a ayudarlo. Michael arremetía contra el primer sicario. Le dio una fuerte trompada en la cara, este se tambaleó y su arma cayó al suelo. Ambos se trenzaron en una pelea brutal. En el fragor de la lucha, Michael le retorció el brazo. Un grito de dolor salió de la boca del sicario. En el mismo instante en que el otro sicario apuntaba contra Michael, Arthur irrumpía en la habitación. Esto sorprendió al asesino que, rápido de reflejos, giró su arma y disparó contra él: *¡Bang! ¡Bang!* Arthur se agachó a tiempo. El yeso de las paredes y los vidrios de las ventanas se hicieron pedazos. Con profesionalismo y sabiendo perfectamente lo que hacía, Arthur se abalanzó sobre él, lo tiró al piso, lo trompeó en la cabeza varias veces. De un solo movimiento, le arrebató el arma de la mano. En segundos lo inmovilizó propinándole dos puñetazos en el estómago.

—Sos un matón de cuarta categoría —le dijo Arthur.

Mientras tanto, Michael seguía luchando contra el otro sicario. El hombre logró tomar su arma del suelo, apuntó y disparó contra Michael, pero falló. Temiendo por la vida de Michael, Arthur sacó su arma y, sin pensarlo dos veces, le disparó al sicario en el hombro y este cayó herido al suelo gimiendo de dolor. Michael observó toda la situación con asombro. ¿Quién era este hombre enmascarado? Estaba claro que era un profesional, que no le temblaba el pulso a la hora de pelear y que sabía muy bien lo que hacía.

—¿Quién sos? —le preguntó Michael sorprendido.

—El que cuida de vos. ¡Andate ya! ¡Ya!

Michael vio a los dos asesinos tendidos en el piso. ¿Cómo iba a hacer ese hombre solo con dos hombres? — se preguntó.

—Sé lo que estoy haciendo. Andate —le dijo Arthur.

Rápidamente, tomó su mochila y salió por la ventana. Arthur apoyó su arma en la sien de uno de ellos.

—Conmigo no jodas. Decime quién te mandó —le exigió Arthur.

El sicario lo escupió en la cara. Arthur le pegó varios culatazos con su arma.

—¿Quién te mandó? —volvió a preguntarle.

El matón lo miraba con ojos suplicantes. Supo que este hombre era un asesino profesional. Y estaba en lo cierto: Arthur podía matarlo y hacerlo desaparecer sin dejar ningún rastro de su cuerpo.

—¡Hablá!

—Freddy Rippin, Rippin... —le contestó asustado.

Arthur le devolvió una trompada, chequeó las cámaras escondidas y salió.

En el estacionamiento del hotel, otros dos matones de Rippin esperaban en un auto estacionado a los sicarios golpeados por Arthur. Mientras tanto, Michael bajaba por la escalera de incendios. Uno de los sicarios, muy dolorido por los golpes, hizo grandes esfuerzos para lograr ponerse de pie y asomarse a la ventana. Al divisar a Michael, hizo una llamada a sus compañeros.

—Al callejón... Bajó por las escaleras. ¡No lo dejen escapar!

El matón al volante aceleró con furia hacia el callejón mientras Michael se alejaba a pocos metros de distancia. El que iba en el asiento del acompañante lo divisó corriendo y gritó:

—¡Allí está! ¡Acelerá!

El conductor apretó el acelerador, mientras el acompañante disparaba contra Michael: *¡Bang! ¡Bang!* Las balas no lo alcanzaron, y Michael comenzó a correr. Más disparos desde el auto. *¡Bang! ¡Bang!* Las balas rebotaban contra el hormigón. Michael corría esquivando las balas, estaba entrenado para huir. Dobló en una esquina y siguió corriendo. Tenso y nervioso, se escabulló entre la gente en la calle. Cada tanto giraba su cabeza para cerciorarse de que los matones no lo seguían. Enseguida se percató de que los hombres ya lo habían detectado. "Si no consigo un auto, estoy muerto", pensó. Se acercó a un auto estacionado y tuvo suerte: la puerta estaba abierta. Enseguida tiró de los cables de la columna de dirección y el auto arrancó. Michael manejó hacia las afueras de la ciudad, consciente de que los matones estaban detrás de él, tal como veía a través del espejo retrovisor. El matón al volante conducía como un endemoniado. En un momento, ambos autos casi estaban a la par y el matón del asiento del acompañante apuntó hacia

Michael y disparó. Las balas rompieron los vidrios de una ventana trasera... pero no lo alcanzaron. Temiendo por su vida, se metió en una estrecha carretera que conducía al lago Dixon, en un valle de colinas rocosas. Michael aceleraba a toda velocidad, mientras los matones de Rippin continuaban con los disparos: *¡Bang! ¡Bang!* El auto de Michael derrapó varias veces, pero logró retomar el control y continuar con su huida. Aceleró por una colina, siempre seguido de cerca por los asesinos. Al descender por la pendiente, Michael perdió el control y se estrelló contra unos arbustos. Los matones bajaron y, con armas en mano, comenzaron a perseguirlo. Michael salió ileso del auto mientras los veía ir hacia él e, inmediatamente, sacó de su mochila su rifle de dardos, apuntó y disparó. Le dio al más alto de ellos, este tropezó y cayó mareado al suelo. El otro le disparó a Michael, pero falló y comenzó a perseguirlo. Abrió fuego varias veces, pero las balas repicaban a su alrededor sin alcanzarlo. Michael corrió hacia el lago, saltó y comenzó a nadar con rapidez para alejarse de los matones. El hombre, tras recargar su arma, buscó a Michael desesperadamente, pero no logró encontrarlo. Michael se había zambullido en el agua. Finalmente, el matón se rindió y se alejó del lugar. Michael, aliviado, emergió del agua. La corriente lo arrastraba lejos de la orilla mientras luchaba por mantenerse a flote. Estaba anocheciendo, estaba cansado, tenía frío y hambre. Con las pocas fuerzas que le quedaban nadó hacia unas rocas y se aferró a una de ellas para sobrevivir. Descansó unos minutos y, finalmente, pudo salir del lago. Se escondió detrás de unos arbustos y trató de recuperar el aliento. La adrenalina aún corría por sus venas, y los matones podrían estar al acecho. Empapado, abrió su mochila, sacó una remera, un sweater y un par de jeans para cambiarse. Ya seco, sacó dos sándwiches, una lata de arvejas y dos frutas. Tranquilo, rodeado de naturaleza y escuchando el sonido de los grillos, se dispuso a comer. “Ufff... como zafé de que me mataran. ¿Quién era ese hombre que me salvó? ¿De dónde pudo haber salido? Bradley no era... Tengo un frío terrible, me duele todo el cuerpo. Me voy a entregar. Sí, ya le dije a Reba de negociar un acuerdo de culpabilidad. No tengo de qué arrepentirme. Estoy tan feliz por esos monos que salvé. Son tan malvados algunos científicos... no tienen alma. Voy a ir preso un tiempo. No pasa nada... igual, no creo que sea la última vez que lo haga. Es la vida que elegí. Así que me la aguanto. Espero poder dormir algo esta noche...".

Mientras tanto, en el hotel, Arthur repasaba con atención las grabaciones de las cámaras que había instalado clandestinamente en la habitación de Michael. En las imágenes había pruebas contundentes que confirmaban que Rippin había ordenado el asesinato de Michael. Una sonrisa triunfante se dibujó en el rostro de Arthur mientras susurraba en voz baja:

—Te tengo, Rippin...

A la mañana siguiente, Michael se marchó para la ciudad. Con un gorro puesto para pasar desapercibido, pasó caminando por un puesto de diarios, y los varios titulares captaron su atención. Los Ángeles Times decía: "El CEO de Laboratorios Rippin ofrece 30.000 dólares de recompensa por Animal Warrior." El diario USA Today: "¿Es Michael Green el Animal Warrior?". Preocupado, continuó con su caminata y se ocultó detrás de una columna para llamar a Arthur. Sabía que ese hombre podía pasar desapercibido. Era riesgoso pedir ayuda a alguien de la Patrulla o a Rose. Sería exponerlos demasiado.

Rippin firmaba unos documentos cuando Paul, su guardia de seguridad, irrumpió en la oficina. Rippin le hizo señas a su secretaria para que los dejara solos.

—¿Y bien? —le preguntó con ojos maliciosos.

Paul bajó la mirada, aclaró su garganta.

—Se les escapó.

Rippin enardeció. Sus ojos parecían a punto de salírsele de las órbitas, y las venas del cuello se le hincharon de golpe. Indignado, arrojó un vaso de agua al piso.

—¿Me estás diciendo que cuatro hombres armados no pudieron con un estúpido animalista verde?

—El tipo es bueno. Corría y se escabullía como una pantera. No pudieron alcanzarlo —contestó Paul.

—Deciles a esos imbéciles que no pienso pagarles la segunda parte del acuerdo. Y que me voy a encargar de que nadie más los contrate —exclamó Rippin con rabia.

Paul, incómodo por la situación, solo asintió con la cabeza. Rippin, con un ademán, le hizo señas para que se retirase.

—¡Maldición! ¡Esto es una pesadilla! ¡Una pesadilla verde! —se quejó refunfuñando por lo bajo.

Siempre alerta, Michael caminaba por las calles de Escondido cuando un vehículo color gris se detuvo a su lado. Enseguida, Michael se dio cuenta de que era Arthur quien, elegantemente vestido y perfumado, manejaba su propio auto. Pinky iba en el asiento de atrás disfrutando del paisaje. Michael, desaliñado, abrió la puerta y se sentó a su lado.

—¿Qué te pasó? Estás hecho un desastre —dijo Arthur con una leve sonrisa.

Michael lo miró sorprendido. No era el mismo mendigo gruñón que había vivido en el estacionamiento de la veterinaria. Este hombre era un señor sofisticado, gracioso, feliz.

—Mejor dicho... ¿qué te pasó a vos? —preguntó Michael.

—Veo que hemos cambiado los roles.

Ambos se rieron a carcajadas.

—Cuatro hombres intentaron matarme. Estoy convencido de que los mandó Rippin. No como desde ayer a la noche. Estoy famélico —le dijo Michael.

Arthur condujo hacia la primera estación de servicio para comprar algo de comida mientras Michael lo esperaba en el auto. Atento, observaba a su alrededor y, de cuando en cuando, acariciaba a Pinky. Minutos después, Arthur llegó con sándwiches. Le dio uno a Michael.

—Veggie sándwich.

Michael tomó el sándwich y se lo devoró. Hacía tiempo que Arthur necesitaba contarle la verdad acerca de su vida. Se dispuso a decirle cosas que antes había mantenido en secreto.

—¿Sabés, Michael? —dijo—. La vida me ha enseñado que, a veces, tarde o temprano, la Justicia solo puede lograrse con la muerte de alguien.

Michael se quedó mirándolo unos segundos, mientras su mente pensaba, analizaba, iba a mil por hora... Enseguida se dio cuenta de que tenía, enfrente, a ese hombre encapuchado que le había salvado misteriosamente la vida el día anterior. Michael quedó totalmente desconcertado, sin entender quién era la persona que tenía frente a él. Había visto a Arthur tan indefenso, tan desprotegido y ahora estaba frente a una persona segura de sí misma y, al parecer, que sabía de lo que hablaba.

—He hecho cosas terribles... Pero siempre vi la bondad en tus ojos y en las cosas que hacés. Y me hiciste creer de nuevo en el ser humano. En la humanidad toda. Me había olvidado de que en este mundo aún hay personas que se levantan cada mañana con buenas intenciones. Personas que se dedican a hacer exclusivamente el bien... siempre con la intención de ayudar a los demás. Los ojos de Arthur se empañaron. Y continuó. —Esas son las personas por las cuales yo hoy mataría. Porque matar fue parte de mi trabajo...

Michael lo miraba cada vez más confundido. ¿Quién era Arthur?

—Mi nombre es Arthur Livingston. Yo era uno de los tantos que hacía el trabajo sucio de la CIA. Fui una máquina de matar. Era una persona que infundía miedo. El Gobierno me convirtió en un monstruo. Entiendo que algunas batallas son justas y otras no tanto. Sin embargo, me robaron la vida. Una vez que me retiré, decidí no formar más parte de este horrible sistema.

Y, ahí, a Michael le cerraron las cosas.

— ¿Tuviste hijos? ¿Una esposa?

—No tuvimos hijos. Pero sí tuve una mujer increíble. Era una mujer noble, muy bella y la quise con el alma. Se murió de cáncer al día siguiente de mi jubilación. Ella se fue de este mundo, y yo enloquecí.

—Me honra tu amistad, Arthur Livingston. Quiero que sepas que siempre aquí tendrás un gran amigo.

Ambos se quedaron conversando acerca de sus vidas. Arthur le habló con la voz quebrada de sus años de soledad en las calles, de su angustia por haber perdido al amor de su vida, del sentir que los años se le venían encima... Le agradeció eternamente por darle una oportunidad y darle un propósito a su miserable existencia.

—Quiero que sepas que mataría por vos... y que voy a defender tu vida, si es necesario, con la mía. Porque tu vida es muy valiosa y el mundo necesita de más gente como vos, mi querido Michael.

Michael se estremeció ante las palabras de Arthur... tenía la edad de su padre y se alegró enormemente al saber que, a este hombre, él también, de alguna forma, le había salvado la vida. Juntos partieron para la estación de ómnibus de Escondido. Michael se bajó del auto y le habló a Arthur a través de la ventanilla.

—Las cosas se complicaron demasiado. Hoy voy a entregarme. Reba, mi abogada, va a proponer un acuerdo de culpabilidad. Sin un juicio puedo evitar que me den una condena más larga.

—Lo que vos digas —contestó Arthur.

—Gracias por salvarme la vida.

Arthur lo miró a los ojos con agradecimiento.

—Vos salvaste la mía primero... Animal Warrior.

Ambos se miraron a los ojos con profundidad. Arthur le palmeó el brazo a Michael. Lo vio irse caminando hacia la estación y, luego, partió con Pinky hacia el santuario. Hacía años que no experimentaba un sentimiento tan reconfortante. Esta vez, su experiencia le había servido para proteger a un hombre digno, valiente y admirable. Michael personificaba la compasión, la bondad y el amor hacia todos los seres vivos. "Esta batalla me ha dejado satisfecho", reflexionó Arthur, sintiendo una sensación de paz.

Sentado en el autobús, Michael pensaba en sus próximos pasos. Iría a la comisaría de su ciudad, acompañado de su abogada, y se entregaría a la Justicia. Algunos pasajeros dormían, otros leían... sin embargo, un señor de unos cincuenta años lo observaba atentamente. Con discreción, se levantó de su asiento y se encerró en el baño para hacer una llamada. Minutos después, al bajar del autobús, Michael se encontró con varios agentes federales que lo esperaban. Entre ellos, pudo reconocer a John Keith.

—¿Michael Green? —le preguntó él.

Michael asintió, caminó hacia Keith, y ofreció sus manos para ser esposado. A pesar de las circunstancias, confiaba en él.

—Michael Green, queda arrestado bajo sospecha de conspiración por desmantelar una empresa de animales. Le recordamos que tiene derecho a permanecer en silencio. Si decide renunciar a ese derecho, todo lo que diga puede ser usado en su contra en un tribunal...

John Keith se sintió horriblemente.

LA SENTENCIA

Rose pudo, finalmente, visitar a Michael en la prisión. En la sala de visitas, con una mesa de por medio y cargados de emociones, se tomaron las manos después de tanto tiempo sin verse.

—Te amo —le dijo Rose.

Michael irradiaba tranquilidad, plenitud. Estaba entero. Él le apretó las manos con fuerza.

—Nunca voy a poder darte lo que necesitás. Jamás vas a poder tener una vida normal a mi lado. Ya ves...

—Yo también podría decirte lo mismo de mí —le contestó ella sollozando.

Michael le secó las lágrimas. Rose no estaba dispuesta a renunciar a él, estaría a su lado pasara lo que pasara. Ya estaba muy enamorada.

Reba Ford, la abogada de Michael, y el fiscal del condado, Paul Hauge, acompañaron a Michael, escoltado por los U.S. Marshals, a la sala del tribunal de la Corte Federal del condado para la audiencia de declaración de sentencia. La sala estaba abarrotada de gente. Bradley, Eric, Christian, Rachel, Rose y Arthur estaban sentados junto a otros activistas proanimal, entre ellos, los miembros de Bite Back, Freedom for Animals y de Saving Animals. Cerca de ellos, estaban los padres de Michael: Robert y Margaret Green. Rippin y Simón Edwards estaban sentados en primera fila.

Apenas Michael hizo su entrada, todos los presentes lo saludaron con vítores y aplausos. Michael respondió con una leve sonrisa de agradecimiento. Presentarse a una audiencia no lo intimidaba. Siempre había tenido bien en claro sus ideas, sus creencias y sabía que, tarde o temprano, esta situación iba a llegar. En las afueras de la corte, en la vereda, cientos de personas, muchas de ellas acompañadas de sus mascotas, portaban carteles que decían: "Liberen a Michael Green" y "Las pruebas con animales son una industria cruel". Había hombres, mujeres, niños... Michael tomó asiento al lado de Reba a la espera del juez Stevens. Segundos después, Stevens hizo su entrada a la sala y todos se pusieron de pie. Era un hombre alto, espigado, de rostro anguloso y arrugas profundas que inspiraba mucho respeto. El secretario dio comienzo a la sesión.

—El tribunal entra en sesión. Preside el honorable juez John Stevens.

Todos tomaron asiento. El juez Stevens tomó la palabra.

—Buenos días a todos. En primer lugar, debo mencionar que he recibido numerosas cartas de partidarios tanto de Michael Green como de Laboratorios Rippin. La mayoría de ellas apoyando al señor Michael Green. Pero este caso se decidirá según la ley.

Todos los activistas proanimal y fans de Michael irrumpieron en un fuerte aplauso. El juez puso orden.

—¡Señores! Esto no es un partido de fútbol. La próxima persona que aplauda será inmediatamente expulsada de la sala.

Todos hicieron silencio. El juez Stevens se acomodó en su sillón, miró a Michael a los ojos y pudo sentir la bondad que habitaba en él. Acto seguido, le dirigió la palabra.

—Señor Michael Green, se le acusa, según la denuncia 21.562, por un delito contemplado en la Ley de Terrorismo de Empresa Animal, el cual conlleva una pena máxima de cinco años de prisión. Michael asintió con tranquilidad. —Señor Green: ¿comprende usted todos sus derechos ya explicados durante su comparecencia?

—Sí, su señoría.

—¿Cómo se declara ante los cargos que se le imputan?

—Culpable, su señoría.

El aire se cortaba con un puñal. No volaba ni una mosca.

—Señor Green: ¿toma usted conciencia de que, al declararse culpable, pierde el derecho a un juicio con jurado?

—Sí, su señoría.

—¿Entiende usted lo que significa renunciar a ese derecho?

—Sí, por supuesto, su señoría.

Margaret, la madre de Michael, sollozaba en silencio. Rose estaba completamente asustada. Arthur se apretaba los labios, quería desesperadamente confiar en la Justicia.

—Señor Green, tiene usted derecho a realizar una declaración explicando sus acciones antes de que le imponga la sentencia en su contra.

—Gracias, su señoría.

Michael se levantó. Era el momento de contar su verdad. Su

momento de explicarle al juez y al mundo por qué había allanado ese laboratorio. Estaba orgulloso de sus acciones.

—Se me acusa de terrorista. Terrorismo es una palabra que infunde miedo en todo el mundo. Yo soy, según la ley, una especie de terrorista que no mata gente, pero salva animales. ¿Es eso terrorismo? ¿Es un crimen salvar vidas inocentes, su señoría? En este mundo, las leyes facilitan demasiado la opresión de los más débiles porque permiten que los animales sean explotados de la forma más cruel. ¿Por qué lo hacemos, su señoría? La respuesta a esta simple pregunta radica en el especismo, que es la discriminación que ejercemos sobre aquellos que no pertenecen a nuestra misma especie, o sea, los animales. Lo hacemos porque los consideramos inferiores, lo hacemos por la sencilla razón de que no piensan ni tienen lenguaje como nosotros, los animales humanos. Y están equivocados. Los animales sí tienen inteligencia.

La sala se llenó de aplausos. El juez golpeó el mazo a fin de poner orden en la sala.

—Cada animal fue creado con un tipo de inteligencia que Dios le dio para saber moverse sobre la Tierra, para sobrevivir, para preservar su misma especie. Sí, no pueden hablar como nosotros, pero a mí no me importan que no sean como yo, lo que a mí sí me importa es que tienen la capacidad de sufrir. Los animales sufren, su señoría. Sufren porque tienen sistema nervioso central.

La sala se llenó nuevamente de aplausos. El juez volvió a golpear el mazo para poner orden.

—Los humanos toleramos crueldades con miembros de otras especies que nos enfurecerían si lo hiciésemos con miembros de la nuestra. Inexplicablemente, esta forma compasiva que tengo de ver la vida es considerada un "comportamiento criminal" a los ojos de la ley.

El juez Stevens estaba impresionado ante las palabras de Michael. ¡Cuánta razón tenía! Michael siguió con su discurso y miró a Rippin directamente a los ojos. Lo despreciaba. Para él, representaba la maldad personificada. Le parecía un ser humano repugnante porque su riqueza provenía enteramente del sufrimiento de los animales.

—La razón por la cual me dedico tanto tiempo a ayudar a los animales, es porque hay mucha gente que se dedica más tiempo a lastimarlos. Hoy estoy aquí para ser condenado por mi participación en la liberación de trece monos en un laboratorio. Lamento que hayan sido solo trece.

Rippin le clavó una mirada de hielo. Y pensaba: "¿A quién le importan los animales? Solo a este idiota y sus seguidores". Michael continuó.

— No quiero legitimar esta absurda situación pidiendo clemencia ni apelando a la conciencia del tribunal. Porque sé que, si este sistema tuviese conciencia, probablemente no estaría hoy aquí en primer lugar. Si la tuviese, todos los matarifes, toreros, algunos científicos, dueños de circos y zoológicos, cazadores, peleteros y maltratadores de animales estarían siendo juzgados, y no yo.

Había un silencio funeral. Rippin y Simón Edwards no estaban conmovidos por el discurso de Michael, en absoluto. Pero sí lo estaba el juez Stevens.

—Solo soy un simple activista animal. Me gustaría dar las gracias a todos los presentes que hoy han venido aquí a apoyarme. Los animales no tienen voz. Por eso, mientras viva, yo hablaré por ellos. Muchas gracias, su señoría. Eso es todo.

El público quedó afectado ante las palabras contundentes y honestas de Michael. El juez Stevens se quedó unos segundos en profundo silencio. La declaración de Michael había sido conmovedora, coherente, sensata.

—Comprendo, señor Green, que quiera ayudar a los animales y liberarlos de sus tormentos. Pero le insto a que siga luchando por ellos a través de medios legales —le advirtió el juez, para luego golpear el martillo para dictar la sentencia. —Señor Michael Green, queda condenado a seis meses de prisión federal y a cien horas de servicio comunitario en una organización benéfica que beneficie a los humanos y a ninguna otra especie.

Todos los presentes a favor de Michael respiraron aliviados. El abogado de Rippin levantó su mano para hacerle una pregunta al juez.

—¿Qué ocurre con el pago de restitución a mis clientes, su señoría?

—Sus clientes manejan una empresa de más de cien millones de dólares. Llame a esto el costo de hacer negocios —respondió, sin agregar más.

Rippin y Simón Edwards sacudían sus cabezas en desaprobación. Toda la sala comenzó a aplaudir fervorosamente. Michael se puso de pie y se fundió en un fuerte abrazo con Reba. Sus padres se acercaron a él. Su madre, Margaret, con los ojos llenos de lágrimas, lo abrazó.

—Estoy tan orgullosa de vos, hijo mío...

—Voy a estar bien, madre. No te preocupes por mí.

Luego miró a Rose con amor, a Arthur y a sus amigos, con agradecimiento. Los U.S. Marshals se lo llevaron fuera de la sala.

Rippin salía refunfuñando de la sala cuando se encontró con el agente del FBI John Keith. Desde cierta distancia, Arthur, luciendo anteojos oscuros, observaba cómo lo esposaban. Una leve sonrisa de satisfacción se dibujó en su rostro.

—Freddy Rippin, usted está bajo arresto por el intento de asesinato de Michael Green y por el asesinato de Jake O´Neill. Tiene derecho a guardar silencio. Si decide renunciar a ese derecho, todo lo que diga podrá ser usado en su contra en un tribunal...

Los periodistas allí presentes se abalanzaban sobre Rippin mientras los seguidores y fans de Michael aplaudían y vitoreaban al verlo pasar esposado y escoltado por John Keith.

En el patio de la prisión federal, Thomas se encontraba tomando sol en un banco. Michael caminó hacia él, se sentó a su lado. Habían sido socios en la veterinaria, habían compartido juntos salidas, secretos, situaciones de vida o muerte. Michael le palmeó la espalda.

—Vamos a salir de esta. Voy a conseguir al mejor abogado del país. En menos de dos años, vamos a estar operando juntos de nuevo.

Thomas asintió.

—Mi gran amigo... muchas gracias. Te agradezco de corazón.

UN TORO EN MADRID

Después de cumplir su condena, Michael recuperó la libertad. Con su rostro lleno de felicidad, Arthur lo esperaba en el auto. Vestía un elegante blazer gris y un inconfundible aroma a colonia inglesa. Esa mañana se había despertado esperanzado y lleno de alegría: Michael regresaría al santuario y la vida volvería a ser como antes. Sintió que todo volvía a acomodarse.

—Es un placer volver a verlo, doctor Green. Su avión nos espera para llevarnos a Florida.

Michael lo abrazó con fuerza. El auto arrancó rumbo al aeropuerto. En el asiento trasero, Pinky observaba el paisaje. Michael y Arthur abordaron el avión privado de los Green, rumbo al Refugio de Monos en Florida. Al ingresar, Michael vio a Rose esperándolo. Se fundieron en un largo y sentido abrazo. Minutos más tarde, en pleno vuelo, los tres brindaron con champagne.

—Por más operaciones exitosas —brindó Michael.

—A sus órdenes, Animal Warrior —respondieron Rose y Arthur al unísono.

Los tres se echaron a reír.

Ana Smith, la directora del santuario, los guio hacia el área de los monos macacos. Pinky los seguía, moviendo la cola con entusiasmo. El lugar era un auténtico paraíso para los animales: árboles, arbustos, estanques, flores... Michael contempló a unos treinta monos trepando árboles, jugando entre ellos y disfrutando del sol. Ana señaló hacia tres de ellos. —Son Patsy, Rob y Kitty, los monos que fueron inyectados con la droga Tierodin.

Arthur notó la emoción en el rostro de Michael: una emoción profunda, cargada con la satisfacción del deber cumplido. Kitty aún sostenía su viejo osito de peluche, como si fuera su mayor tesoro.

—Nunca dejó de sostenerlo —comentó Michael, conmovido.

— Creemos que perdió un embarazo por culpa de los experimentos. Pero ahora va a ser mamá... así que estamos preparándonos para recibir al bebé —les comentó Ana.

— ¿Y quién es el padre? —preguntó Michael.

Un mono macaco macho se acercó a Kitty.

—¡Ahí está el culpable! —bromeó Arthur.

Y los cuatro estallaron a carcajadas.

—Gracias a Dios, los chimpancés están sanos y salvos en el santuario de Tampa — acotó Ana.

Michael asintió con una sonrisa.

Los cuatro continuaron caminando por el parque. Arthur y Rose se detuvieron, fascinados, al ver a una monita macaco sosteniendo un espejo. No muy lejos de ella estaba su madre.

—Se llama Pam y está cautivada con los espejos. No deja de mirarse. Es una de las monitas con genes humanos... esos desgraciados lograron su experimento. Se nota que son más inteligentes que el resto —les comentó Ana Smith con un dejo de lamento.

Los cuatro compartieron una sonrisa agridulce.

—Apenas llegaron, los colocamos a todos directamente en un recinto interior para monitorear su salud física y la angustia provocada por el encierro y los experimentos. El día que los sacamos por primera vez al exterior, no sabían qué hacer. Estaban completamente desconcertados. Jamás habían sentido el pasto bajo sus patas, ni el sol en sus rostros. Nunca treparon un árbol, ni habían visto siquiera un pájaro. Fue muy triste, pero logramos sacarlos adelante —añadió Ana con emoción.

De repente, unos chillidos cercanos llamaron su atención. Los cuatro se giraron y vieron a un macho macaco trepando ágilmente de árbol en árbol Era el mismo mono que, en el laboratorio de Rippin, se había negado a salir de su jaula. El animal descendió del árbol y corrió hacia su héroe. Se trepó a él y rodeó su cuello con sus largos brazos peludos.

—Lo llamamos Rocky —le dijo Ana.

Rocky, con sus grandes ojos dulces, se quedó mirando fijamente a Michael durante unos segundos. Michael sintió, en ese instante, su eterno agradecimiento.

—Te prometí... que te llevaría a un lugar mejor.

Rocky lo abrazó con más fuerza, emitió un chillido y le dio un beso en la mejilla. Los ojos de Michael se llenaron de lágrimas.

Michael se dedicó de lleno a la veterinaria y mantuvo un perfil bajo. Sin embargo, en secreto, ya había planeado una de las redadas más complicadas de su vida. Organizaciones de animales en España ya habían sido contactadas y entrenadas para la nueva misión.

Era un día soleado en Madrid. El estadio estaba lleno de gente. Muchos vitoreaban entusiasmados. Una corneta anunciaba el comienzo del sangriento espectáculo. Acompañados por una banda musical, todos los involucrados en la corrida, incluyendo tres toreros, tres banderilleros, tres alguaciles y dos picaderos a caballo realizaron un paseíllo por la arena. Los activistas proanimal, infiltrados entre la multitud, quedaron atónitos al ver al público aplaudir con tanto entusiasmo. Se preguntaban cómo alguien podía disfrutar de tan sangriento espectáculo. Se preguntaban si realmente todos los seres humanos tenían un alma. Porque allí había seres humanos que parecían felices de presenciar un acto de crueldad sin límites: la tortura y consecuente muerte de un pobre animal. Aun así, fingieron entusiasmo y acompañaron los aplausos. Sin embargo, afuera de la plaza de toros sucedían otras cosas. Ocurrían cosas más humanas. Cosas llenas de amor. Cientos de activistas rodeaban el estadio, formando un escudo humano gigantesco, para bloquear la entrada principal. Un camión de comida con el cartel “Catering” se estacionaba en una de las entradas laterales. A la distancia, un auto de policía observaba la inusual escena. Un magnífico toro de Lidia entró a la plaza entre vítores histéricos de los aficionados. Los activistas proanimales infiltrados intercambiaron miradas, listos para entrar en acción. El torero, con el clásico traje de colores brillantes, comenzó con el toreo de capa realizando una serie de pases para observar el comportamiento del desdichado toro que se encontraba hambriento y desorientado. El animal empezó a dar vueltas para buscar la salida. No quería luchar. El sonido de unas hélices captó la atención de los presentes, quienes voltearon su mirada hacia arriba y observaron cómo un helicóptero descendía hacia la arena. Acto seguido, los activistas infiltrados en las tribunas se lanzaron al ruedo formando un enorme círculo alrededor del estadio. Se quitaron las chaquetas, revelando el frente de sus remeras verde neón con la frase: "La tortura animal no es arte", y en la espalda: "Animal Warrior y la Patrulla del Rescate". Otros rodearon al toro de Lidia para protegerlo. Sus rostros reflejaban la firmeza de quienes saben que están haciendo lo correcto. Los toreros se hicieron a un lado y observaron la escena estupefactos. El helicóptero, piloteado por Bradley, aterrizó en medio de la arena mientras espectadores y toreros observaban sin comprender lo que ocurría. "¿De qué se trata todo esto? ¿Es Animal Warrior con su Patrulla del Rescate?" Mientras tanto, a unos pasos del toro, Eric filmaba con su cámara. El público quedó asombrado al ver a Michael descender del helicóptero vestido con su uniforme militar. Se plantó frente a la multitud y se dirigió a ellos usando un pequeño micrófono auricular. Era Animal Warrior, y un silencio sepulcral se apoderó del estadio. Michael alzó la voz con autoridad.

—Es difícil entender cómo una multitud de personas paga una entrada para ver cómo se desangra una criatura inocente. Ustedes, personas bárbaras e incivilizadas, bajo la justificación de la tradición y la cultura, torturan a un animal indefenso hasta la muerte. Soy un ser humano y, en este momento, me avergüenzo de mi propia especie. Ahora me dirijo a los políticos: ustedes son los responsables, ya que tienen el poder de detener este tipo de comportamiento brutal que solo satisface los intereses económicos de unos pocos.

Mientras tanto, varios autos policiales se dirigían hacia el estadio, ya que la noticia de la irrupción de Animal Warrior ya era *vox populi* en todo Madrid. Al mismo tiempo, el camión de catering ingresaba por la puerta lateral del estadio. Cuatro activistas encapuchados, pertenecientes a Bite Back Organization, descendieron del camión portando rifles de asalto de juguete. Apuntaron a los guardias y los obligaron a abrir las jaulas de los otros toros.

Michael se acercó al toro y lo miró a los ojos. El animal le devolvió la mirada con una ternura desconcertante. Sabía que aquel humano era su salvador. Sintió su bondad, su coraje, su energía llena de amor.

—Sé que estás aterrado... que tenés hambre, sed y desconcierto. Pero tenés que confiar en mí. Todo va a estar bien —le susurró mientras le inyectaba un dardo tranquilizante en el cuello. —Tranquilo, tranquilo, amigo mío.

El toro se fue tranquilizando mientras Rose, Christian y otros dos activistas le colocaban un arnés de malla y unas anteojeras. El tiempo era crucial, ya que la policía estaba en camino. Mientras tanto, Michael le continuaba hablando a la multitud.

—Las corridas de toros representan una matanza sistemática de tortura, donde se enfrentan una banda de individuos salvajes contra un animal solitario y aterrorizado que sufre una muerte lenta y dolorosa.

A muchísimas personas una luz dorada las envolvió. Una luz divina, compasiva, llena de amor les hizo tomar conciencia de la barbarie de la que participaban. Y se avergonzaron ocultando su rostro entre sus manos. Y se transformaron. Sintieron que ese inocente animal no podía ser el toro bravo y agresivo que afirmaban que era. Y si así lo fuese, ¿había derecho a torturarlo? Otros lloraban al comprender que ese animal no era violento, y que tenía un espíritu. Ellos, que encontraban placer en la adrenalina que les proporcionaba el famoso estoque de muerte. Ellos, que gozaban viendo al toro agonizante caer al suelo esperando al puntillero para darle en la médula el golpe final. Ellos ahora tuvieron empatía y compasión.

—¿Y ustedes llaman "arte" a esta porquería? —les preguntó Michael.

Los taurinos más fervientes animaban al torero a enfrentarse a Animal Warrior.

—¡Defendete, cobarde! —le gritaban al matador, que estaba inmovilizado sin reaccionar.

El matador tomó dos espadas y miró a Michael de forma desafiante. Por su parte, Michael se acercó nuevamente al toro, lo acarició.

—No te preocupes, amigo. Vamos a dejar juntos este horrible lugar.

Michael caminó con paso firme frente al público y continuó hablando.

—Este no es un juego limpio. El animal llega totalmente debilitado a la contienda. Se les recortan y liman los cuernos... ya que de esta manera se les priva de su única defensa. ¿Quieren saber más? Para desorientarlo, se lo somete en un cuarto oscuro durante varios días, sin ningún tipo de alimento. El día de su liberación, el pobre animal sale desesperado hacia la luz. Él siente que su calvario ha terminado finalmente, pero, sin haberlo elegido, se encuentra en el medio de un estadio para enfrentarse a toreros sádicos y torturadores.

De repente, parte de la multitud comenzó a aplaudir. Los animalistas se miraban entre sí, sin comprender qué estaba sucediendo. Michael se dio vuelta para encontrarse con el torero con dos espadas en las manos. Desafiante, este lanzó una de las espadas cerca de Michael, retándolo a un duelo.

—El que gana se queda con el toro. Peleamos "a primera sangre".

Los fervientes taurinos aplaudieron extasiados, vitoreaban,

gritaban a favor del torero y esperaban ansiosos a que los oponentes se enfrentaran. ¿Quién se quedaría con el toro? Los animalistas, desconcertados, jamás imaginaron semejante desafío. Con determinación, Michael tomó la espada con firmeza, había practicado esgrima cuando era un adolescente. La multitud hizo un silencio funeral. Incluso los policías que ya se habían estacionado en las afueras del estadio verían el duelo por sus celulares. Los televisores de toda España esperaban deseosos el espectáculo. Michael atacó primero. El torero logró esquivarlo. Este no se sintió intimidado y se lanzó sobre Michael, que rápidamente se corrió a la derecha.

—Buena estrategia, héroe salvador —le dijo burlonamente el torero.

Michael avanzó y los aceros de las espadas se chocaron varias veces. Rose se mordía los labios y apretaba fuerte la mano de Christian, Bradley los observaba desde el helicóptero mientras Eric filmaba la contienda. Michael y el torero luchaban de forma brutal. Parecía un duelo a muerte, como en épocas pasadas. El torero sentía un horrible desprecio hacia Animal Warrior, pero Michael pelearía hasta morir si fuese necesario. De repente, el torero le rasgó a Michael parte del uniforme. Se rio como si fuese un juego de niños. Michael lo atacó con fiereza, sabiendo que un solo corte sangrante pondría fin al duelo. Estuvo a punto de herirle la frente.

Ambos siguieron luchando enérgicamente. El torero avanzó sobre Michael para cortarle el brazo y Michael se cayó.

—Ahora te voy a cortar en pedacitos —lo amenazó el torero.

Tendido en el suelo, Michael pensaba a toda velocidad, recalculando su próximo movimiento... El torero lo atacó sin piedad, pero Michael lo bloqueó rápidamente con su espada. Un sentimiento de ira incontrolable se apoderó de él. Acto seguido, se puso de pie y presionó su espada contra la garganta del torero. El estadio quedó paralizado. "¿Lo matará?", se preguntaban todos. Ambos se clavaron sus miradas mutuamente. Michael pudo notar la mirada maliciosa y perversa de su contrincante. Sin dudar, le hizo un corte en el cuello y unas gotas de sangre brotaron de su piel.

—Evolucioná, bastardo.

Michael lo empujó y el torero cayó de espaldas al suelo. Luego se plantó frente a la multitud, extendió los brazos hacia el cielo y, con su espada aún en la mano, gritó con todo su ser para que todos lo escucharan. —¡¡¡El toro es míoooooo!!!

Las personas que habían sido "iluminadas" y los activistas aplaudieron con frenesí. Michael arrojó la espada al suelo, y Rose le alcanzó un aerosol de pintura roja. En simultáneo, Bradley encendía el motor del helicóptero para una retirada triunfal digna de una película.

Michael roció una frase en la arena: "Amor es liberación. Animal Warrior y la Patrulla del Rescate". Después, se subió al helicóptero y este se elevó unos metros. Rose, Christian y otros activistas acomodaron al toro e iban monitoreando el cable para que el animal se elevase sin problemas. Y así, sujeto a un arnés de malla y suspendido por un cable, el toro fue finalmente rescatado. La gente quedó estupefacta mientras lo observaba elevarse por los aires, en calma y con la cola ondeándose por el viento.

Mientras tanto, los cuatro miembros de Bite Back, subían a los cinco toros restantes al inmenso camión de catering. La policía era abucheada por los manifestantes y activistas que bloqueaban el estadio impidiéndoles el ingreso mientras observaban cómo el helicóptero se alejaba con el toro rescatado. Eufóricos, se abrazaban, reían y lloraban de felicidad. La gente en las calles también se emocionaba al observar al toro volar sujeto al arnés. Incluso unos niños que salían del colegio lo vieron pasar y aplaudieron junto a sus madres. La policía comenzó a reprimir a los manifestantes y pudo, finalmente, ingresar al estadio. Rose, Christian y los demás activistas fueron esposados y llevados a la comisaría. Eric, oculto detrás de unas gradas, filmaba todas las detenciones.

En las afueras del estadio, varios periodistas arribaban al lugar. Una reportera de la televisión española informaba en vivo a la audiencia:

—Otro gran momento para Animal Warrior y su Patrulla del Rescate. Seis toros de Lidia fueron rescatados como en una película digna de Hollywood... varios manifestantes y activistas están siendo, en este mismo momento, detenidos por la policía... Todavía no está claro por qué la policía no actuó con más eficiencia y celeridad...

Sentada en un antiguo sillón de brocato en la sala de estar del palacio, la bella y joven reina, vestida de gala y luciendo una tiara, seguía con atención los acontecimientos recientes en la televisión. Su celular sonó. Ella atendió.

—Misión cumplida, Su Majestad. Dios la bendiga.

—Porque siempre seamos un ejército compasivo y silencioso, Animal Warrior.

Luego de expresar su gratitud a la reina, Michael, finalmente, se quitó la máscara. Dirigió su mirada hacia abajo para chequear el estado del toro. "Lo estás haciendo muy bien, mi amigo", pensó, lleno de satisfacción. Bradley no podía creer las hazañas de Michael. Terminaba de rescatar un toro en una plaza de Madrid y de hablar con la mismísima reina de España.

—Sos increíble —le dijo.

Ambos se echaron a reír con complicidad. Michael tomó nuevamente el celular para comunicarse con María Campos, una colega veterinaria y dueña de un santuario de animales de granja.

—Llegaremos en unos veinte minutos —le avisó.

—La policía arrestó a varios activistas. Es un tema que durará semanas —le dijo ella.

—Así fue planeado. Estarán afuera en menos de veinticuatro horas. No te preocupes, yo pago los abogados.

Ambos se rieron al teléfono.

—Nos vemos —le contestó ella.

El helicóptero llegaba al santuario de María Campos, un refugio sagrado para animales rescatados de granjas. Cabras, ovejas, vacas, toros, cerdos, patos pastaban, nadaban en tajamares y disfrutaban de su comida en paz. Bradley mantuvo el helicóptero suspendido mientras varios voluntarios se acercaban al toro para quitarle el arnés y las anteojeras. Segundos después, aterrizó. Michael se bajó para saludar a María.

—Gracias por todo, Michael. Cuidaremos de él hasta el final de sus días.

—El camión con los demás toros estará llegando en unos cuarenta minutos.

Michael se aproximó al toro y le acarició la cabeza. El animal lo miró con una gratitud eterna y los ojos de Michael se llenaron de lágrimas.

—Ahora estás a salvo, lejos del abuso, la falta de amor y la tortura. Bienvenido al primer día del resto de tu vida.

El toro respondió con un mugido a su héroe, como si lo comprendiera todo. Atardecía en Madrid y la voz de Michael resonaba en las conciencias de las personas: "Soy un rescatador de animales. Mi labor consiste en ayudar a las criaturas inocentes de esta tierra. Nací con el deseo de brindarles una vida digna y normal. No conozco ninguna criatura que no merezca mi tiempo y dedicación. Salvar a un animal no cambiará el mundo, pero sí cambiará el mundo de ese animal. Somos un ejército silencioso y clandestino, determinado a marcar la diferencia cada día. Rescato animales. Mi trabajo nunca termina. Mi mundo nunca está tranquilo. Mi vida está llena de riesgos y satisfacciones. Soy la voz de los sin voz. Yo soy Animal Warrior".

Allí donde hay un corazón compasivo, nace un Animal Warrior. Y cada vez que ayudás, ese corazón es el tuyo.

Nota de las autoras

Esta es una obra de ficción. Sin embargo, muchas de las situaciones retratadas en esta historia están basadas en hechos reales y en problemáticas actuales que afectan a los animales en todo el mundo.

El experimento que involucra a macacos genéticamente modificados con un gen humano (MCPH1) está inspirado en un estudio científico real realizado en China en 2019. En aquel estudio, un grupo de científicos insertó una copia del gen humano MCPH1 en monos para investigar el desarrollo neurológico relacionado con enfermedades como el Alzheimer. El propósito de incluir este hecho en la historia no es criticar el progreso científico, sino cuestionar los límites éticos de la experimentación animal y promover un debate urgente sobre métodos alternativos.

Cada año, más de 115 millones de animales son utilizados en laboratorios de todo el mundo: monos, perros, gatos, conejos, ratones y muchos otros. La mayoría nunca será vista ni conocida por el público. Hoy existen alternativas de investigación sin animales, como la tecnología de órgano-on-a-chip, los tejidos bioimpresos en 3D y la modelización computarizada avanzada, que pueden reemplazar muchos experimentos sin causar sufrimiento. La esperanza es que la sociedad y las instituciones científicas sigan acelerando la transición hacia una investigación libre de crueldad.

En algunos países de Asia, el comercio de carne de perro aún existe, y miles de perros son capturados o criados para ser vendidos y sacrificados para consumo, especialmente durante festivales locales. Esta parte del libro no busca generalizar culturas o naciones enteras, sino visibilizar una práctica que causa un inmenso sufrimiento y contra la cual luchan activistas —tanto en Asia como en todo el mundo— para ponerle fin.

Del mismo modo, el capítulo que hace referencia a las corridas de toros en España también es ficcional, aunque refleja una realidad que todavía existe en algunos países. No pretende apuntar contra ninguna nación o cultura en particular, sino denunciar una práctica que continúa siendo profundamente controvertida en todo el mundo.

A través de esta historia, nuestro propósito es honrar a todos los activistas y defensores de los derechos animales, y arrojar luz sobre el sufrimiento que tantas veces permanece invisible.

Gracias por acompañarnos en este camino. Deseamos que esta historia toque tu corazón e inspire en vos lo mismo que nos inspiró a nosotras al escribirla.

Buchi & Camila Baravalle

EXTRACTO DEL GUION "ANIMAL WARRIOR"

Escrito por Buchi & Camila Baravalle

(Guion original del cual fue adaptada esta novela)

FADE IN:

EXT. ZHANG MEAT FESTIVAL - MARKET - DAY

SUPER: SOMEWHERE IN ASIA

A hot, sunny day. Zhang market is crowded. Sad looking dogs moan in cramped, metal cages.

Hundreds of FESTIVAL ATTENDANTS and UNDERCOVER ANIMAL ACTIVISTS walk through the market. We see sweaty BUTCHERS sharpening their knives.

EXT. ZHANG CITY - DAY

A bus with tinted windows pulls to the curb, parks beside a sign that reads: *"ZHANG MEAT FESTIVAL"*.

INT. PRESIDENTIAL HOUSE - BEDROOM - DAY

SUPER: PRESIDENTIAL HOUSE

Luxurious master bedroom. A TV is on. The FIRST LADY, a demure woman, in her 50s, watches the TV as she gets ready and puts on her pumps.

ANCHORWOMAN (ON MONITOR)
Today begins the Ninth Annual Dog Meat Festival in Guangxi. Numerous animal welfare groups are working to stop the festival and the entire dog meat trade industry...

On the television, we see images of ANIMAL ACTIVISTS surrounding the Meat Market Festival facility.

A knock at the door. The door opens and her PERSONAL ASSISTANT enters.

PERSONAL ASSISTANT
Excuse me, Madame. The President will be ready to leave in an hour.

FIRST LADY
Thank you.

Personal Assistant leaves. First Lady checks her watch, opens a drawer, takes out a disposable cell phone, makes a call.

FIRST LADY (CONT'D)
All clear. Go ahead.

She continues to watch TV.

EXT. ZHANG MEAT FESTIVAL - ENTRANCE - DAY

Activists carry signs that read: *"STOP THE MEAT FESTIVAL", "DOGS ARE OUR PETS", "WE NEED AN ANIMAL PROTECTION LAW".*

EXT. ZHANG MEAT FESTIVAL - ENTRANCE - DAY

ANIMAL WARRIOR - the leader - and The Rescue Patrol, all clad in green military uniforms, with the logo of a of a stag's head printed at chest level and thick gloves, get out of the bus. Animal Warrior's uniform is darker than the others. Animal Activists cheer, clap excitedly. Masked Men enter the...

MARKET FESTIVAL

Everybody watches them in astonishment. Inside the market, there are dogs crammed inside wooden crates and metal cages waiting to be butchered.

As Animal Warrior and The Rescue Patrol plant themselves in the middle of the market, Undercover Animal Activists take their jackets off, showing T-shirts that read:

"ANIMALS HAVE RIGHTS TOO"

Animal Activists surround the cages, defending the dogs inside. It's clear they know what they are doing.

ON ANIMAL WARRIOR

He starts walking in the middle of the group of gathered Masked Men. MASKED MAN #1 stands to the side and films everything with his camera.

ANIMAL WARRIOR
This is a raid. We're taking the dogs!

Complete chaos erupts. Some Butchers defend themselves with their knives, fight fiercely against Animal Activists. Pans, pots, cookware, forks and knives smash to the ground.

Some Festival Attendants run away, OTHERS stay behind to watch. Animal Activists shoot dart guns at some Butchers. They pass out.

BUTCHER #1 lunges at ANIMAL ACTIVIST #1, they struggle. Butcher #2 cuts Animal Activist's #1 arm.

ANIMAL ACTIVIST #2 hits BUTCHER #2 with a big pan from behind. Butcher #2 collapses.

TWENTY ANGRY BUTCHERS threaten The Rescue Patrol holding their knives up. They advance towards them in open defiance.

ANIMAL WARRIOR (CONT'D)
Remember what we fight for!

Like a praetorian guard, well-trained, The Rescue Patrol attack the butchers mercilessly. As they clash, they shoot dart guns into their necks, many fall to the floor, knives are thrown...

Animal Warrior taps the shoulder of one of them. BUTCHER #3 turns around to see a tranquilizer dart in front of his eyes.

ANIMAL WARRIOR (CONT'D)
(ironically)
A little nap is not denied to anyone.

Butcher #3 collapses on the ground. Meters away, BUTCHER #4 screams at Animal Warrior.

BUTCHER #4
These dogs don't belong to you! You'll be hanged!

ON ANIMAL WARRIOR

Butcher #4 lunges at Animal Warrior, they struggle, Animal Warrior knocks him down. BUTCHER #5 jumps on top of Animal Warrior.

Butcher #5 is about to stab Animal Warrior with a large knife, when MASKED MAN #2 comes up from behind and injects a tranquilizer into Butcher's #5 neck. Butcher #5 collapses.

ON ANIMAL ACTIVISTS

They open the dogs' cages. One by one, they put each dog on a leash. The dogs are so grateful. They all lick their rescuers.

Some dogs are very sick and frightened. The Activists stack the empty cages next to the Butchers.

ON THE RESCUE PATROL AND BUTCHERS

The Rescue Patrol grab the Butchers from behind, yank them backwards, inject tranquilizers into their necks and drag the drowsy Butchers over to the big, empty cages. They lock them inside.

4.

As Masked Men #1 films, BUTCHER #6 lunges at him, they struggle. Butcher #6 yanks the camera away and drops it. As he prepares to stomp on it, Masked Man #1 goes ballistic, and attacks him. They fight brutally.

Masked Man #1 quickly pulls out his dart gun and shoots it into Butcher's #6 neck. Butcher #6 collapses. Masked Man #1 picks up his camera and starts filming again.

Animal Activist #1 hands a MALE PUPPY DOG to Animal Warrior. The puppy wraps its paws around him, realizing he's safe now. They both stare at each other with deep connection.

Animal Warrior whispers in its ear...

ANIMAL WARRIOR
The nature and love of the universe reside within you and me; you and I are alike. You and I are one. Welcome to my world.

Animal Warrior with Puppy Dog in his arms, speaks to the camera, claims responsibility for the raid.

ANIMAL WARRIOR (CONT'D)
"As long as there are animals suffering at the hands of humans, there will be an Animal Warrior and The Rescue Patrol. We'll be back!"

EXT. PRESIDENTIAL HOUSE - ENTRANCE STAIRWAY - EVENING

First Lady watches a police car arrive at the presidential residency. She waits downstairs. Police car parks. A POLICE OFFICER gets out with a MALE PUPPY DOG in his arms.

First Lady takes the puppy dog. Police Officer and First Lady look at each other knowingly. First Lady pets the puppy, kisses him. She smiles widely, her eyes wet.

ANCHORWOMAN (V.O.)
Animal Warrior and The Rescue Patrol have stolen hundreds of dogs with the help of local animal activists. It's still unknown why the police didn't show up during the raid.

CUT TO:

INT. SAN DIEGO FREEWAY - MICHAEL'S CAR - DAY (MOVING)

MICHAEL GREEN, mid 30s, a mild-mannered man, is driving on the freeway when he sees traffic come to a halt in front of him.

As he approaches the stopped cars, he sees TWO DRIVERS trying to help an INJURED DOG. Michael pulls to the shoulder, turns on his flashers and gets out.

EXT. SAN DIEGO FREEWAY - DAY

As Michael comes over to them, he sees Injured Dog growling and barking at the Two Drivers fiercely.

MICHAEL
I'm a vet. Please, step aside and let me help.

DRIVER #1
Poor thing. I think she got clipped by a car.

DRIVER #2
She's too frightened. Won't let us help her.

Injured Dog barks, bares her teeth, won't let anyone approach her. Michael speaks softly to her as he approaches. He slowly kneels down, looks deeply into Injured Dog's eyes.

MICHAEL
(whispers)
Shh... stay calm, everything is going to be okay. I'll take good care of you.

Injured Dog starts to relax, groans in pain, and lowers her head in submission as Michael pets her. A bond of trust has been created.

MICHAEL (CONT'D)
Hello, little girl! I'm going to help you.

Driver #1 and #2 watch Michael in awe. As he checks her for injuries, he notices a TINY PUPPY hiding under her.

MICHAEL (CONT'D)
You got yourself a puppy. Huh, mom?

Michael gains her confidence, holds Injured Dog. He gestures for Driver #1 to get the Tiny Puppy. Michael and Driver #1 take the dogs to Michael's car.

INT. SAN DIEGO - VET CLINIC - EXAM ROOM #1 - DAY

A burst of activity, VETERINARIANS and ASSISTANTS come and go. As Michael takes a baby bottle of milk and feeds the Tiny Puppy, RACHEL, mid 50s, Michael's loyal secretary, enters.

RACHEL
Michael, we have some schedule changes. The Fisher Family just called me. They cancelled their surgery for the day after tomorrow.

MICHAEL
Are you kidding me?
(beat)
Where's Thomas? I need him to get back to me ASAP. I'm going to be late for my speech.

RACHEL
(staring at Tiny Puppy)
He just called and said he's on his way. Who is this beauty?

MICHAEL
Her mother was injured crossing the freeway. She's in the X-ray room. Luckily, she's not seriously hurt.

Rachel approaches the Tiny Puppy.

RACHEL
May I feed her? Come on now, off you go. You're going to be late.

Michael gives the baby bottle to Rachel.

RACHEL (CONT'D)
Good luck at the conference.

He rushes out.

EXT. VET CLINIC - PARKING LOT - DAY

Michael walks out of the clinic.

MICHAEL
(into phone)
I'm on my way.

Sitting on a bench, ARTHUR LIVINGSTON, early 60s, homeless recluse, the light no longer shines in his eyes, reads a newspaper, grumbles. By his side is PINKY, his tiny, female dog, and a black suitcase.

ARTHUR
(to Pinky)
They lead the Marines to believe that they are serving their country, but they only find darkness and death.

Pinky looks at him not understanding what his owner has just said. Michael approaches them, gives Arthur a sandwich and food to Pinky.

ARTHUR (CONT'D)
God bless you, Doc.

MICHAEL
Arthur, when are you going to come work with me?

Arthur shakes his head disapprovingly, grumbles, gestures for Michael to leave. Michael just smiles. He likes Arthur despite his gruff temperament.

MICHAEL (CONT'D)
The least you can do is let me spay Pinky.

Arthur scowls.

ARTHUR
Have a nice day, Doc.

Michael shrugs, goes to his car. Arthur looks at the sandwich, opens it and grumbles.

ARTHUR (CONT'D)
(to Pinky)
Vegetables. Always vegetables. Never a real sandwich.

Unenthusiastically, he eats the sandwich.

INT. RIPPIN'S LAB - CORRIDOR - DAY

FREDDY RIPPIN, late 60s, billionaire founder and CEO of Rippin Pharmaceuticals, and SIMON EDWARDS, 60, his partner, both wearing white lab coats, walk down the corridor.

JAKE O'NEILL, a sensitive scientist in his mid 40s, and Scientist #1 follow behind them.

JAKE O'NEILL
We still haven't found the proper dosage. The toxicity is still too high. Three monkeys have died and the others are expelling black urine. This drug is not working.

Freddy Rippin stops, angrily addresses Jake.

RIPPIN
I don't give a crap about the monkeys! We have to get this drug to market before our competition does.

They enter the...

MACAQUES' ROOM

Five sterile cages with Macaques Monkeys inside line the wall. They appear to be sad.

Jake opens one of the cages, takes out a SMALL MACAQUE and sets him down on an exam table. We notice an open sore on one of his legs.

JAKE O'NEILL
He's very docile.

Jake hands a vaccine to Rippin. Small Macaque stares at him with fear.

RIPPIN
(to the animal)
Sorry, baby, but this is going to hurt you more than it hurts me.

Rippin injects Small Macaque as it screeches while Scientist #1 and Jake hold him down. Jake feels uncomfortable about this.

EXT. OUTSKIRTS OF SAN DIEGO - OPEN AREA - EVENING

ROSE RIVERS, mid 30s, smart and brave reporter, waits for somebody inside her car. A car arrives and parks beside her. It's Jake O'Neill. He parks and gets into Rose's car.

ROSE
Hi, Jake. Did you get the pictures?

Jake hands her an envelope. They both look around to make sure nobody is watching them. Rose opens the envelope, takes out pictures of dead monkeys and a written report.

JAKE
The drug is called "Tierodin" and they're testing it for incontinence medication. The toxicity of the procedure was underestimated. That's why three monkeys died.

ROSE
What happened to them?

JAKE
Two of them died from bleeding ulcers. It was heartbreaking. It took days and they suffered so much. It was unimaginable. The third one bled out.

ROSE
What about the others?

JAKE
Several monkeys are expelling black urine right now. Some of them have open sores all over their bodies. Others can't control their limbs.

ROSE
Poor creatures. My God...

A car passes. Rose startles. The car continues on its way. She reads the headline of the written report: TIERODIN - SIDE EFFECTS.

ROSE (CONT'D)
I can't thank you enough for what you're doing. I'll take everything to the network.

Rose puts the envelope inside her purse.

JAKE
But there's something even worse.

ROSE
Worse than this?

Jake nods.

JAKE
They've created a new breed of monkey. One with a human brain gene to make the brain function more like humans.

Rose opens her eyes wide.

ROSE
We're going to end up like in "Planet of the Apes". That is completely illegal!
(beat)
How did they do that?

JAKE
They implanted a copy of a human gene called MCPH1 into the genome of macaque monkeys. The human MCPH1 is believed to play an important role in regulating our brain development.

Rose looks at him in horror.

ROSE
A human gene? For what?

JAKE
They want to make more human monkeys.

ROSE
Sounds like the story of the year.

JAKE
The five surviving monkeys went through a series of tests. It turned out they did perform better on short-term memory tasks.

ROSE
What would their end game be?

BIBLIOGRAFÍA

CHOPRA, DEEPAK & CHOPRA, GOTHAM (2011). Las siete leyes espirituales de los superhéroes. Ciudad de Buenos Aires, Argentina, Editorial Aguilar, Altea, Taurus, Alfaguara, S.A.

Collected Issues of the A.L.F Supporters Group Magazine (2011). Underground- The A.L.F. in the 1990s. Estados Unidos, Warcry Communications.

MANN, KEITH (2009). WW. Estados Unidos, Voice of the Voiceless Communications.

MORRIS, TOM & MORRIS, MATT (2022). Los superhéroes y la filosofía. Ciudad de Buenos Aires, Argentina, Editorial Blackie Books.

SINGER, PETER (1999). Liberación Animal. Madrid, España, Editorial Trotta S.A.

Made in United States
North Haven, CT
10 November 2026

22084244R00108